少年陰
しょう
©Mitsu

少年陰陽師

しょうねん おんみょうじ

少年陰陽師 貳拾貳

無懼之心

数多のおそれをぬぐい去れ

結城光流—著　涂愫芸—譯

重要人物介紹

藤原彰子

左大臣藤原道長家的大千金，擁有強大靈力。基於某些因素，半永久性地寄住在安倍家。

小怪

昌浩的最好搭檔，長相可愛，嘴巴卻很毒，態度也很高傲，面臨危機時便會展露出神將本色。

安倍昌浩

十四歲的菜鳥陰陽師，父親是安倍吉昌，母親是露樹，最討厭的話是「那個晴明的孫子」。

六合

十二神將之一的木將，個性沉默寡言。

紅蓮

十二神將的火將騰蛇，化身成小怪跟著昌浩。

爺爺(安倍晴明)

大陰陽師。會用離魂術回到二十多歲的模樣。

朱雀

十二神將之一的火將，使的是柔和的火焰。與天一是戀人。

天一

十二神將之一的土將，是絕世美女，朱雀暱稱她「天貴」。

勾陣

十二神將之一的土將，通天力量僅次於紅蓮，也是個兇將。

太陰

十二神將之一的風將，擅使龍捲風，個性和嘴巴都很好強。

玄武

十二神將之一的水將，個性沉著、冷靜，聲音高亢，外型像小孩子。

青龍

十二神將之一的木將，從很久以前就敵視紅蓮。他有另一個名字「宵藍」。

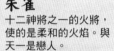

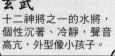

太裳

十二神將之一的土將，說話沉穩，氣質柔和。較少出現在人界。

白虎

十二神將之一的風將，外表精悍。很會教訓人，太陰最怕他。

風音

道反大神的愛女。以前她曾想殺了晴明，現在則竭盡全力幫助昌浩。

藤原行成

右大弁兼藏人頭，受皇上信賴。他是昌浩的加冠人，與成親是好友。

安倍成親

昌浩的大哥，陰陽寮的曆博士，有位人稱「竹取公主」的美麗妻子。

藤原敏次

陰陽生，在陰陽寮裡是昌浩的前輩，個性認真，做事嚴謹。

平安京地圖

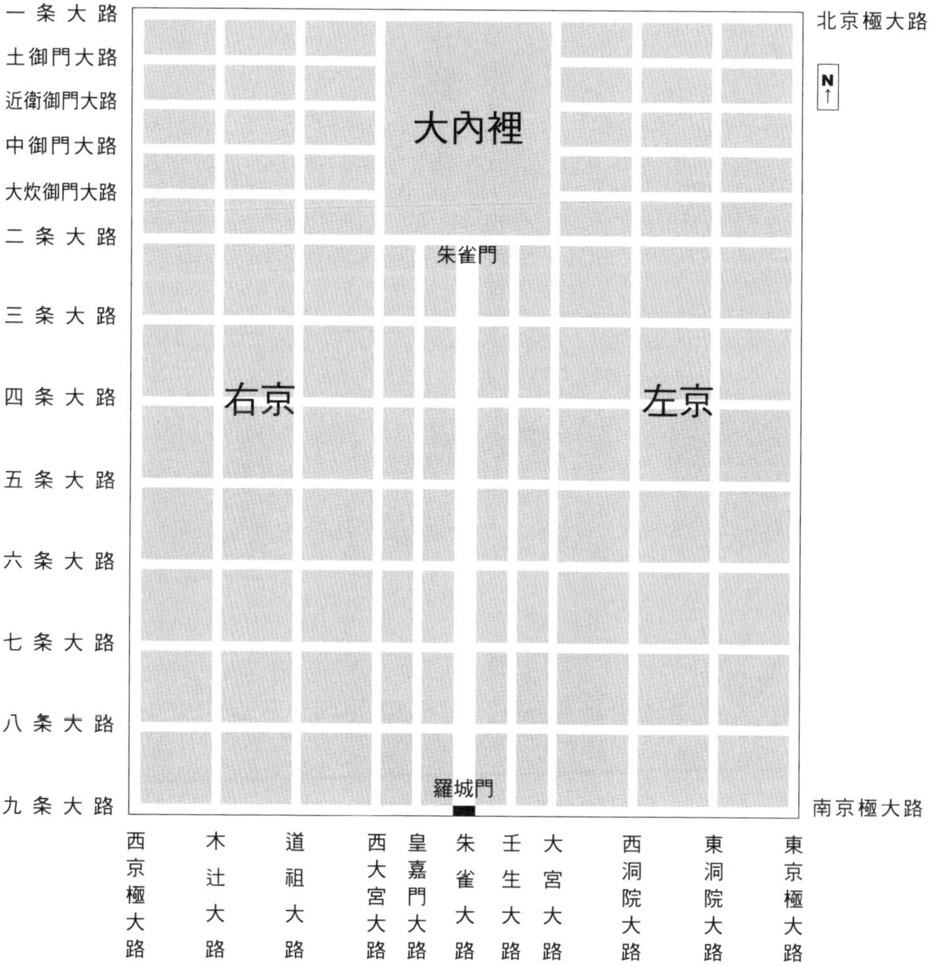
一条大路
土御門大路
近衛御門大路
中御門大路
大炊御門大路
二条大路
三条大路
四条大路
五条大路
六条大路
七条大路
八条大路
九条大路
北京極大路
南京極大路
N
大內裡
朱雀門
右京
左京
羅城門
西京極大路
木辻大路
道祖大路
西大宮大路
皇嘉門大路
朱雀大路
壬生大路
大宮大路
西洞院大路
東洞院大路
東京極大路

我知道，這條生命本身就是罪孽。
既然如此，再多加一、兩條罪狀，也沒什麼差別。

1

到了陰曆八月半，太陽升起的時刻也愈來愈晚了。

神將天一抬頭看著即將破曉的天空，眨了眨眼睛。

東方天際慢慢轉為了紫色。

現在是深秋，葉子的顏色逐漸變成紅色或黃色，吹過的風也不再舒爽，變得有點寒意。

十二神將對冷、熱也有知覺，不過，受到的影響不像人類那麼大，頂多只會感覺到季節的變遷。

然而，繼承了女巫血脈的風音，因為女巫是人類，所以是半人半神，對風和水的冷度應該有相當的反應。

天一猛然拉回視線，蹙起了眉頭。

這裡是意宇郡的偏遠山中，離道反聖域有一段路。

她們是在天色還一片漆黑時離開了聖域。

天一面前有座小瀑布，微波不斷往腳下拍打過來。

氣溫一天比一天低，今天早晨恐怕是入秋以來最冷的時刻。

有人全神貫注地承受著從三丈高處傾瀉而下的水。

那是道反大神與道反女巫之女——風音。她雙手交握胸前，讓瀑布打在身上，大約有一個小時了。嘴巴還唸唸有詞，但是被水聲掩蓋聽不見，應該是用來集中精神的神咒或消災祈福的祝禱詞。

破曉時刻的風，比半夜更冷。剛才天一把手伸進水中，才發現比想像中的冷，十分驚訝。

這個地方完全沒有人氣，位於必須撥開草叢前進的深山中，空氣很清靈。

據說是處渾然天成的聖域，而天一也的確不時感覺到自然精靈們的氣息，只是看不見他們的身影。

只穿著單衣承受瀑布拍打的風音，肌膚已經失去血色，從遠處都看得到。

恐怕已經冷徹心腑了。即便是半人半神，再這樣修行下去，也會對身體造成很大的負擔。

天一很想對她說些什麼，但是，除了水聲外什麼也聽不見的山間空氣，讓她猶豫了。

「為什麼要修禊①修到這種程度……」

天一秀麗的臉龐上帶著淡淡憂愁，輕輕嘆了一口氣。

道反聖域遭九流族襲擊後，已經過了一個多月。

被瘴氣烏雲降下的雨所污染的大地，花了約半個月的時間，才恢復原來的面貌。

可以在半個月便幾乎完全復原，要感謝看不見身影的當地比古神們。

人界恢復原貌後，風音就每天早上來這座瀑布修禊了。

道反聖域的時間流逝，跟人界不一樣。她算準這樣的差距，趁人界進入深夜時從聖域出發，在天色完全轉亮時，帶著冰冷的身體回家。

六合似乎一開始就知道了，只是風音交代過不准說。

天一和勾陣發現風音和六合不在，逼問理由，六合才說出風音在瀑布修禊，並拜託她們瞞著道反女巫和守護妖們。

那之後，天一就取代了六合，陪風音去修禊場所。六合會一起走到半途，在開始聽得見水聲的地方停下來，在那裡等風音回來。

據說，在天一和勾陣發現之前，他就是這麼做了。

可能是怕待在風音身旁，會害她修禊時分心，或是為了阻止其他人靠近瀑布。也可能是基於其他理由，天一沒有深入追問。

因為雨下個不停，瀑布的水量比平常增強許多，從形成瀑布的岩石被水沖擊的力道就可以看得出來。想必水勢也很強勁，要咬緊牙關，努力把身體挺直，才不會傷到脖子。

人類修禊，是為了袪除不必要的東西，吸取靈氣和神氣。據說，禊（Misogi）的語源就是來自「身削」與「靈注」。②

背後有氣息降臨，天一平靜地轉過身去。

同袍神將勾陣現身了。

「勾陣，什麼事？」

勾陣淡淡一笑，對歪著脖子瞇起眼睛的天一說：

「守護妖們發現風音不見了，到處找她，找得驚天動地，所以我就把修禊的事告訴它們了，我想最好也來跟你們說一聲。」

「哎呀……」

天一眨眨眼睛，轉頭望向瀑布。風音還沒有從瀑布出來的動靜。

勾陣走到同袍身旁，雙臂環抱胸前。

瀑布底下的水很深，風音站在從瀑布裡面突出來的岩石上。

濕漉漉的岩石，看起來很容易滑倒。

勾陣單腳著地蹲下，把手伸入水中，嘆口氣說：

「很冷呢！她每天沖這樣的水？」

「是的，而且還說不夠……」

看著泡在水中的右手掌，勾陣瞇起了眼睛。

聽說，風音原本要再過很長一段時間才能覺醒。若不是發生與九流族之間的戰爭，恐怕還會在聖域的藍色屋頂宮殿中再沉睡幾年，甚至幾十年。現在既然醒了，就啟動了時間的齒輪，也只能這樣活下去了。

風音擁有強大的力量。為了充分使用這股力量，軀體也必須完美無缺。然而，曾經兩度重傷瀕臨死亡的軀體，卻與靈魂產生了偏差。

修禊就是為了導正偏差。她把自己逼到極限，以達到「靈注」而非「身削」的效果。

軀體被逼到極限，就能激發出與生俱來的生命力和重生力，取代無法達成的「時間療癒」。

勾陣看一眼偶爾露出瀑布外的蒼白臉龐，對天一說：「天一，妳知道嗎？」

「知道什麼？」

天一眨眨眼睛，勾陣忽然噗哧笑出聲來。

「好久沒跟玄武聊天了，前幾天透過水鏡聊起來時，聽說了好笑的事。」

「什麼好笑的事？」

天一想起來道反前，玄武那張沮喪落寞的臉。據一個多月不見，但偶爾透過水鏡通話的朱雀說，他的精神已經漸漸好起來了。

因為天一大半時間都跟道反女巫或風音在一起，所以很少有機會透過玄武留下的水鏡與在京城的晴明或朱雀通話。倒是主要來靜養又沒有什麼任務的勾陣，常常心血來潮就透過鏡子跟小怪東扯西聊。

聊的通常不是什麼正事，而是當天的京城狀況、晴明的狀況，或昌浩今天這樣、晴明今天那樣等等，彼此報告無關緊要的生活瑣事，其中大概也少不了天一、六合、風音和道反守護妖們的事。

「春天時，我跟騰蛇先回京城，玄武與六合當使者去了道反，我們分成兩路個別行動，妳還記得這件事吧？」

天一點點頭，她還清楚記得那時候的事。

很難相信，從那時候到現在只過了半年，發生過太多事，感覺上好像過了好幾年。不過，對身為神將的她們來說，好幾年也不算長。

「我記得是晴明為了昌浩，向道反大神索取出雲玉石，派他們兩人去拿。」

「沒錯，那時玄武遠遠看到了風音沉睡的宮殿。」

——那是我們公主成長的宮殿……現在她靜靜地在那裡沉睡著。

玄武聽了大蜈蚣的話，驚訝地張大了眼睛。

那麼，那裡是停放靈柩的殯宮？

大蜈蚣沒有回答，玄武就認定它是默認了。

前幾天，玄武單獨坐在水鏡前，向來不太流露情感的他義憤填膺地說：

「大蜈蚣當時沒有否定我的話，可是風音明明沒有死，只是沉睡而已啊！就算我跟六合是外人，也不必那樣欺騙我吧？」

勾陣聽完，也覺得玄武說的話有道理。

但是，昨天勾陣在聖域偶然遇到了大蜈蚣，提起這件事時，守護妖振振有詞地做了辯解。

「大蜈蚣說了什麼？」

勾陣抬頭看著天一說：

「它說『我不記得我有說過那裡是殯宮』。」

「啊，它要這麼說，也的確是那樣。」

大蜈蚣只說「她靜靜地在那裡沉睡」，是玄武自己想成「殯宮」，而大蜈蚣沒有否

定，但也沒有肯定，如此而已。

「依我推測，它不是不回答玄武，只是不想讓六合聽到。」

勾陣站起來，天一對著她苦笑說：

「應該是這樣吧！我也同意妳的推測。」

「對吧？」勾陣會心一笑，把目光投向瀑布說：「她到底怎麼想呢？」

「我也不知道，不過……」

天一忽然轉移視線，微微一笑。

今天的修禊時間比平常久。大概是擔心吧！從樹林縫隙間，可以看到從不走到這裡的六合。

冰冷的空氣搖晃著樹林，搞不好跟京城初冬時所吹的風差不多冷。

天色亮了大半，太陽就快升起了。

勾陣也注意到了六合，只把頭轉向他說：

「怎麼了？六合，你不是從來都不來這裡嗎？」

六合的眼眸動了一下。勾陣和天一都一陣愕然，覺得六合面有倦色。

「發生什麼事了？」

天一抬頭看著比自己高的六合，沉默寡言的六合簡短回答：

「嵬來找她了。」

「原來如此。」

光聽這句話，勾陣就知道怎麼回事了。天一似乎也理解了，浮現淡淡苦笑。

那隻漆黑的小烏鴉一定是對著六合大呼小叫說：既然是修禊，那就沒辦法了，可是，你怎麼沒有陪在公主身旁呢？你要展現你的氣魄給我們看嘛！萬一發牛什麼事時，就用你的身體當擋箭牌保護公主！

從六合臉上隱約可見的疲憊，就可以想像那種畫面。

忽然，水聲亂了。

三對眼睛同時轉向瀑布，緊接著，深色靈布騰空飛起。

顧不得會被淋濕而直接衝入瀑布的六合，把倒在岩石上的風音從水裡小心翼翼地抱起來。濕答答的單衣緊貼在風音身上，從單衣淌下來的水，冷得快凍結了。幾乎沒有血色的臉、脖子，也完全失去了溫度，若不是心臟還微微上下跳動，看起來就像死人。

六合走到勾陣她們身旁，正要把風音放下來時，她緩緩張開了眼睛。

「啊……對不起……」

剛開始似乎有點受到驚嚇的風音很快明瞭了狀況，表現出沒事的樣子，自己站起來，纖細的肢體搖晃了一下，六合趕緊扶住她。

「我們回去吧！守護妖們很擔心妳。」

風音從天一的話中聽出端倪，沒有血色的臉上浮現出困擾的笑容。

「我就知道會這樣，才瞞著它們……不過，沒關係，到今天為止了。」

明明是自己的事，風音卻說得雲淡風輕。

天一不解地偏著頭，勾陣與六合也滿頭霧水，勾陣開口問：

「什麼意思？」

風音撥開濕答答地黏在前額的頭髮，思考著該怎麼說。

「是我也不是我的祂，就在這裡。每個人體內都有自己的神存在，呼喚這個神也許是最快的方法。祂比我還了解我自己，是祂告訴我已經結束了。」

說完後，風音若無其事地環抱雙臂，大概是冷到已經麻痺的知覺復甦，開始覺得冷了。

「天一，謝謝妳一直陪著我。」

「哪裡……」

天一優雅地一鞠躬。

吸了水的單衣又冷又重，風音用通天力量，甩乾單衣和頭髮上的所有水氣。

光穿一件薄薄的單衣，想必很冷，她看起來卻不太有感覺。

「妳不冷嗎？」六合問。

她搖搖頭，笑逐顏開，顯然很高興六合對她的關心。

「不會，我不怕冷，可能是有我父親的遺傳。」

是人類之女、也是神之女的她，最近開始會展露這麼天真無邪的笑容了。

時間確實治癒了她的心，而沉默寡言的同袍的存在，也是一大因素。

看著風音不斷改變、直到現在的勾陣這麼認為。

而她自己本身也完成原來的靜養目的，神氣幾乎復原了，差不多該回京城了。

想起在京城的那幾張臉，勾陣淡淡地笑了起來。

拿著剛縫好的衣服走在走廊上的彰子，不經意地望向朝北的窗戶。

雨淅瀝淅瀝下著，在進入陰曆八月前就開始霪雨霏霏了。

縱使雨暫時停歇，天空也是烏雲密佈。回想起來，已經好一陣子沒見到陽光了。

彰子仰望天空，心想雨什麼時候才會停呢？這時，她發現屋頂上有個高大的身影。

她停下來，眨了眨眼睛。

「朱雀？」

神將朱雀被淋成落湯雞也不在乎，站在屋頂上望著遠方天際。

他望的是西方。

也望向同樣方向的彰子發現了一件事。

他的視線前方，正是遙遠的西國——出雲國。

天一跟勾陣、六合一起留在出雲，已經一個多月了。

看到朱雀朝思暮想的樣子，彰子十分難過。偶爾，他也會透過水鏡與天一交談，但是光這樣，也許還是會寂寞吧？

不在身旁，就覺得寂寞。

彰子了解那種心情，因為今年春天中旬後的三個月，昌浩都不在家。

而且夏天快結束時，自己也離開了這個家一段時間。

雖然還住不到一年，但是，這裡是彰子的歸處。

感覺就像被熟悉的空氣緊緊包住，讓她覺得安心。

「咦？彰子，妳怎麼站在這裡？」

聽到聲音，她回過頭，看到剛從皇宮回來的昌浩瞪大了眼睛，白色小怪也在他腳邊。

「你們回來了啊？昌浩、小怪。」彰子微笑地說。

昌浩想從她手上拿過衣服，但她很快地把手移開，不讓他拿。

「沒關係，我自己拿去放。」

「可是那是我的衣服吧？」

「沒錯，我會收好，所以你不用擔心。」

「不，我不是擔心……」

兩人之間的交談令人莞爾，看著他們的小怪忽然直立起來，戳戳昌浩的腰。

「幹嘛啦？小怪。」

小怪對疑惑的昌浩眨眨眼睛說：

「你忘了一句話。」

「咦？呃……啊……啊！」

昌浩重新面向彰子說：

「我回來了，彰子。」

剛才彰子說：「你們回來了啊？」昌浩沒有回應。小怪滿意地點點頭，抬頭看看彰子。

「對、對，一定要說『我回來了』。」

彰子開心地笑了起來。

還下著雨。

已經記不清楚連下幾天了。

不知道是不是下雨的關係，今天太陽很早就下山了。因為天色暗得快，所以她早早就上床了。

不這麼做的話，她會覺得喘不過氣來。

夜晚很可怕。現在是深秋，今後的夜晚會愈來愈漫長。

她已經習慣一個人度過黑夜，但還是一樣害怕。

把棉被拉到頭上的她，緊緊閉上眼睛，數著自己的呼吸。數著入睡再醒來，天就亮了，所以只要趕快睡著就沒事了。最好中間可以不要醒過來，一覺到天亮。

每天晚上她都這麼想，卻怎麼樣也睡不著。即使睡著，半夜也一定會醒來。

希望今天可以一直沉睡到天亮。

她這麼期望著，但閉上眼睛後還是睡不著。

掛在外面的燈籠的光線，從稍微拉開的窗戶縫隙照了進來。房間裡不是全暗的，但也沒有亮到妨礙睡眠。

她爬起來從床帳往外看，緩緩環視房內一圈，屏風與隔間帷幔前，都沒有人在。

悄悄下了床的她，一打開房間與外廊之間的木拉門，就灌進了雨的味道。

雖然只穿著就寢的單衣，感覺有點冷，但她還是走到了外廊。

因下雨而潮濕的外廊上響起啪噠啪噠的腳步聲。

雨被風吹得斜打進來，淋濕了外廊邊緣和高欄。

她把手伸向濕答答的高欄，仰望著黑暗的天空。

靜靜聽著雨聲的她，完全沒察覺背後有人靠近。

躡手躡腳悄悄走過來的人，在她背後跪了下來。

她舉起手，伸向夜空。

「雨……會不會停呢……？」

雨停了，心情說不定會好一點。

如果覆蓋住天空的黑雲散去，就可以看到很久不見的月亮和星星，度過黑夜了。

她正這麼想時，忽然有冰冷的東西披在她肩上。

「唔……！」

她倒抽一口氣，全身緊繃，聽到有人在她耳邊低聲說：

「公主，您在做什麼？」

聲音很好聽，但十分冰冷，不帶任何感情。

脩子動作僵硬地回過頭。

燈籠的微弱光線朦朧地照出侍女的蒼白臉龐。

看到脩子的肩膀劇烈顫抖，侍女微微瞇起了眼睛。

「很冷吧？您穿得這麼單薄會感冒哦！公主殿下。」

侍女抓住脩子的肩膀，硬是把她拉向自己。脩子緊緊抿住雙唇，一句話也沒說。侍女抓住她的手站起來。

「走吧！您該休息了，我會守在您床邊，直到天亮。」

「咦……？」

托住脩子蒼白雙頰的手冰冷得不像是活人。

脩子兩腿發軟走不動，侍女強推著她的肩膀往前走，還沉著地說：

「您一個人一定很寂寞吧？不過請放心，以後有我陪著您。」

低沉柔和的嗓音，緊緊揪住了脩子的心。

她機械化地移動腳步，在心中吶喊著：

救命啊！誰來救救我！

侍女低頭看著全身僵硬的女孩，嚴厲地告訴她：

「我阿曇會一直陪著您……」

阿曇的手指慢慢地嵌入脩子薄弱的肩膀，脩子閉上了眼睛，連感覺疼痛的力氣都沒有。

耳邊只有雨聲，還有自己在雨聲夾縫間的撲通撲通心跳聲。

她好怕、好怕、好害怕。

「公主殿下，請小心階梯。」

懸掛著帳子的床就放在比廂房高一階的主屋裡。侍女把她帶到主屋，推進床帳內。

脩子癱坐在床上，像要吐空肺中空氣般深深嘆了口氣。

就在只剩自己一個人時，脩子頓時全身冒冷汗。她偷偷把頭探出床帳外，環視屋內，掛在屋簷下的燈籠光線照進了廂房內。

阿曇就坐在光線勉強照得到的地方。

可能是覺得有風，阿曇沉著地抬起頭，望向懸掛帳子的床。

在朦朧的光線中，她的眼睛發出異樣的光芒。

脩子的背上一陣寒意，慌忙把頭縮回床帳內，蓋上棉被，屏住氣息。

「救命啊……！」

她在心中不斷地吶喊，身體顫抖起來。

只是有時候，真的只是有時候。

腦中會隱約閃過某人的身影。

明明怎麼也看不清楚面貌，然而她現在最想抓住的人，竟然就是那個模糊不清的人。

小怪的陰陽講座

①修禊即以水洗滌、祛除不祥的一種修行方式。

②「身削」（Misogi），指祛除讓身心變得黑暗的東西，拋開所有慾望。「靈注」（Hisosogi），指注入神靈的力量。

2

晴天時看得見的水平線，因為下雨而變得迷濛不清。

女孩站在碼頭邊，遙望著霧茫茫的水面。站在她旁邊的隨從低聲對她說：

「齋小姐，差不多該回去了。」

聽到低沉穩重的嗓音，女孩猛然抬起了頭。

看起來年紀才剛滿十歲左右，臉龐還帶點稚氣，卻有著凜然不可侵犯的氣度。披在背上的長髮烏黑亮麗，更襯托出她皮膚的白皙。

為了替她遮雨，隨從用自己的衣服蓋住了她，所以她看不到身材修長的隨從的臉，但是她很清楚隨從現在是什麼表情。

大約二十多歲的隨從有張穩重精悍的臉，剪短的黑髮，可能是被海風吹得褪了色，有點紅、有點凌亂。他穿著無袖的白色衣服，綁著細細的紫色帶子，保護手肘到手腕的手臂套和小腿護套都是像夜晚波浪的深色，身上披著同樣是無袖的外衣，他就是用這件外衣替女孩遮著雨。

女孩完全沒有淋到雨，年輕的男隨從卻一直淋著雨。

「益荒。」

嗓音還不成熟，卻夠洪亮，不但穿越了雨的縫隙，也沒被浪聲淹沒。

「在。」

「你想這些波浪是延伸到哪裡？」

女孩看著拍打碼頭的白浪，向前一步。被雨淋濕的岩石很滑，而且再踏出半步就沒有地面了，從這裡到海面有好幾丈高，正確高度不清楚，但可以確定掉下去準死無疑。

被稱為益荒的年輕人嚴謹地回答：

「小姐，您是認為延伸到其他世界，而不是現世吧？」

女孩眨了眨眼睛。

「在那裡，我們的公主也不會感到痛苦吧？」

聽到女孩淡淡的話語，益荒面不改色地回說：

「公主不會感覺到痛苦。」

大大的眼眸微微波動，但很快就看不見了，恢復原有的平靜，就像無波無浪的水面。

「說得也是……」她輕輕拉扯年輕人的衣服，轉身說：「回去吧！大家都在等我們。」

「遵命。」

跨出腳步時，從衣服縫隙看到的海洋應該是一望無垠，卻因為煙雨迷濛，恍如不存在的海市蜃樓。

「皇上的公主呢？」

女孩緩緩走著，益荒也配合她的步伐往前走。

「我還在安排要把她帶來我們這裡，不過……」

女孩抬頭看著年輕人。

「我想應該不會花太多時間。」

「是嗎？」女孩點點頭，垂下眼睛說：「沒多少時間了，快一點。」

「遵命。」

在雨中前進的兩人很快消失在蒼鬱的樹林中。

✦ ✦ ✦

好不容易才冒雨趕到陰陽寮的昌浩用寮裡準備好的毛巾把臉擦乾，嘆了一口氣。

「雨若再繼續下的話，會很麻煩。」

雨水像瀑布般從屋頂灑下來，昌浩腳邊的小怪利用那些水靈活地沖掉四肢上的泥土。

「就是嘛！每天每天下，下得煩死人了。」

小怪一副真的很煩的樣子皺起眉頭，怪腔怪調地說，昌浩低聲笑了笑。

天空中黑雲密佈，雖然是白天，卻昏暗得像傍晚。

昌浩他們是在一個月前從出雲國的道反聖域回來的。

回來時，已經過了七夕的乞巧奠，京城完全蒙上了秋天的色彩。

結束凶日假回來工作後，一直被堆積如山的工作追著跑，不知不覺間就進入了陰曆八月。

沒什麼特別值得一提的事件，就是每天、每天在同樣的時間出門，做自丁該做的事，然後比規定時間晚一些離開陰陽寮回家。

好久沒有過這麼平靜、單調的生活了。

從出雲回來後，昌浩都沒有去夜巡。有必要的話，他會去，但是都沒什麼緊急事件，所以他就以陰陽寮的工作為優先了。

仔細想想，本來就該這麼做。
「以前的日子真是波濤洶湧呢！」
昌浩在書卷庫裡尋找上級要的卷軸時，忽然有感而發。
正在最上面一層幫昌浩找卷軸的小怪探出頭來說：
「嗯？」
「我是說，我來陰陽寮工作一年多了，很少有這種時候，可以只專心做陰陽寮的工作，不用想其他事。」
小怪把長長的白色耳朵往後甩，搔搔眼睛上方說：
「回想起來，好像是這樣。」
「小怪，你那邊有找到嗎？」
「嗯？啊，找到一卷，我丟下去給你。」
「好。」
昌浩接住了被拋下來的卷軸，打開來確認內容，以免搞錯。
「謝謝。呃，還有……」
除了最上層的卷軸外，其他都收在昌浩的高度也看得到的架子上。
他與上級交代的一覽表一一核對，仔細確認有沒有錯。如果搞錯的話又得來找一次，是時間的浪費。

「很好，都找齊了。」

昌浩抱著六卷卷軸，從書卷庫的書庫裡出來，小怪走在他後面，替他拉上了木門。

「謝謝。」

「不客氣。」

因為旁邊都沒人，才能做這種事。有人在看時，不管昌浩手上拿多少東西、有多需要幫忙，小怪也都只能袖手旁觀。

昌浩走向陰陽部，小怪跳上他的肩膀，甩動長長的尾巴。

一般人看不見的小怪體型有大貓或小狗那麼大，卻幾乎沒有重量。昌浩知道它應該是用通天力量把自己調整成那樣，不過，有時候昌浩也很想知道，沒調整前是多重？最合理的推測是跟紅蓮一樣重，可是紅蓮的體重又是多少呢？神將的體重會不會跟人類差不多呢？還是身體組織的質量跟人類不一樣？

神將會跟人類不一樣嗎？那麼，以人形出現的高龗神又有多重呢？

昌浩瞥了小怪一眼，又圓又大的夕陽色眼睛也回看他一眼。

「幹嘛？」

「我在想，你很輕呢！小怪。」

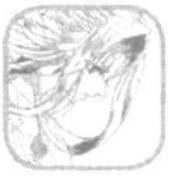

「要我變重也行，只是那樣會有不少麻煩。」

「你還是饒了我吧！不要變重，那樣肩膀會痛。」

「就是嘛！」

兩人邊低聲閒聊，邊走回陰陽部時，昌浩忽然停下了腳步，望向圍牆與大門內的寢宮──不，正確來說，應該是寢宮上空。

小怪也挺直了背，跟昌浩一樣，直盯著烏雲密佈的天空。

「果然有可疑氣息的漩渦。」

小怪面色凝重地喃喃說著，昌浩也默默點了點頭。

去年夏天燒毀的寢宮正在重建中，全新的寢宮預計在一個半月後落成，但是由於連日來下的雨，工程有些延宕。

皇上和后妃們現在都暫時遷移到位於一条的臨時寢宮。不過，皇宮裡的寢宮並不是完全沒有人。

除了建造寢宮的工人們之外，沒有被燒毀的宮殿還留下了不少看守寢宮的宮女和侍從，由於皇上不在，他們都無事可做。

其中，包括專門在溫明殿伺候的宮女們，因為擁有「內侍」③的崇高官位，所以還有武官在那裡待命，保護她們。

昌浩是在回到工作崗位不久後，才聽說寢宮空氣不對勁的事。當時是陰曆七月底，被抄寫曆表的工作追著跑，所以他記得很清楚。

不過空氣不對勁這件事，並非公開消息，昌浩是從大哥成親那裡聽來的。據成親說，剛開始他自己也沒發現。

最先發現異狀的是跟昌浩同時接觸污穢而請了凶日假，齋戒淨身後再回到工作崗位的藤原敏次。

「我還沒進去過寢宮呢！」

昌浩這麼嘀咕時，小怪猛然豎起一邊耳朵說：

「喂，不對吧？」

「咦，我幾時進去過？」

完全沒有印象的昌浩雖然隸屬陰陽寮，但還是官位最低的「地下人」。寢宮相當於皇上的寢室，有高牆環繞，還有好幾道門豎立在外，最下層的人想要進去，根本就是作夢。

「爺爺才有可能被皇上召進寢宮吧……！」

小怪搖搖一邊耳朵，對眉頭深鎖的昌浩說：

「不、不，我說的是你曾經在三更半夜偷溜進去過。」

「三更半夜？……啊……！」

昌浩看著夕陽色的眼睛，終於想起那件事，大叫起來。

的確有過這麼回事，那是在冬天的三更半夜裡。當時為了尋找被挖開的瘴穴，他們翻遍了京城，最後乘著太陰的風追逐被風音帶走的公主脩子的行蹤，追到了正在重建中的寢宮。

在昌浩肩上保持完美平衡的小怪用後腳抓抓脖子說：

「不過偷溜進去後，就被拖進了瘴穴裡，也難怪你不記得了。」

那時候他們才剛在寢宮降落，就被拖進了瘴穴裡，拆散了昌浩與小怪。

昌浩眨了一下眼睛。

「哦，嗯……說得也是。」

昌浩跟太陰、玄武和六合在一起，而小怪——

「……」

小怪拚命抓著脖子，昌浩不由得摸了摸它的背。

「嗯？」驚訝的小怪呈靜止狀態，看著自己背後的手說：「怎麼了？你幹嘛啊？昌浩。」

「沒、沒什麼……」

昌浩把手從小怪背上縮回來，眼神飄忽，覺得心情很複雜。

那時候跟昌浩失散的小怪，也就是紅蓮，被風音的縛魂術捆住，靈魂被黃泉瘴氣吞噬了，軀體也被黃泉的屍鬼所盤據。

昌浩說不出話來。小怪在他肩上用後腳直立起來，挺直了背，把一隻腳遮在眼睛上方說：

「嗯，從這裡看是有點困難。爬到屋頂上，說不定可以看清楚一點……當然，如果能爬上寢宮周圍的高牆更好……」

昌浩注視著小怪的側臉，心想它是不是把某些事埋藏在心底，不讓人看出來呢？還是完全遺忘了？

在道反聖域時，小怪跟覺醒的風音談了什麼，昌浩不知道。那時正在迎戰八岐大蛇，沒有餘力問那麼多，等事情解決後，一行人又很快回到了京城裡。

昌浩自己沒有跟風音說到多少話。

事實上，他也不知道要說什麼。他對風音的事知道得不多，風音沒事也不會來找他說話。

啊！可是臨走前，風音表情僵硬地來向他謝罪說「以前種種對不起」時，他覺得自己可以好好面對她交談了。

但是，「妳做得太絕了」這種話，他還是說不出口。

希望下次見面時，可以談些比較有建設性的話題。

望著寢宮上空胡思亂想的昌浩，完全沒發現有人走到了他身邊。

坐在他肩上的小怪早已發現，移到了另一邊肩膀，用尾巴拍拍昌浩的背。

「嗯？」

昌浩猛然轉過頭，看到站在一起的藤原行成與敏次，嚇得全身僵硬。

「哇?!」

看到昌浩快速往後退一步，敏次不高興地說：

「昌浩，你怎麼看到我們就往後退？」

「咦？啊！是，對不起……」

突然看到意想不到的人出現在意想不到的地方，當然會受到驚嚇，昌浩真的嚇了一大跳。

抱在手上的卷軸差點散落一地，昌浩慌忙重新抱好。這些東西很重要，在敏次面前掉落的話，一定會被他數落個沒完沒了。

「昌浩，雨下這麼久，的確會讓人沒精神，可是也不能這麼渙散啊！」

敏次責備地揚起眉毛，行成拍拍他，笑著說：

「有什麼關係呢？敏次。剛才你不是也望著那邊的天空，沉思了很久嗎？」

「我是……」敏次非常認真地辯解：「我是覺得寢宮上空有奇妙的漩渦……只是我沒有靈視能力，現在還不敢確定。」

昌浩眨了眨眼睛。

他沒問過敏次的看法，但可以確定他一直很在意。

「我一直在反省，應該更確定後再去找成親大人，不該那樣脫口而出。」

「是嗎？那是陰陽師的直覺，所以你應該更相信自己才對。昌浩，你也這麼認為吧？」

問題突然被拋向自己，昌浩一時說不出話來。

「咦？呃……」

該怎麼回答才好呢？

昌浩思索著，在他肩上的小怪滿臉不悅，把兩隻前腳環抱在胸前，一隻後腳往昌浩肩上用力一跺說：

「慢著、慢著！」

肩膀受到輕微衝擊的昌浩稍微往一側傾斜，手上的卷軸又差點掉下來，他慌忙重整

姿態站直。

喂，有點痛耶！昌浩只在心裡咒罵著，臉上表情沒有任何變化。

小怪把圓圓的眼睛瞇成半月形，激動地說：

「喂，行成！所謂值得信賴的陰陽師直覺，是指像昌浩或晴明這種在京城裡數一數二有實力者的直覺！這個無能的山寨版陰陽師的直覺只是想太多、自以為是、錯誤判斷，要說這種夢話，也等睡著以後再說嘛！」

被小怪在耳邊大吼大叫，真的好吵，昌浩不禁茫然地望向遠方。

發現行成和敏次的目光都投注在自己身上，他才趕緊應付地說：

「既然敏次大人這麼覺得，就不該小看這件事，我哥哥也這麼說。」

敏次好像很驚訝，眼睛張得斗大，行成是開心得眉飛色舞。

「果然是這樣。」

「這……這樣啊！可是我的修行還不夠……」

雖然說得支支吾吾、結結巴巴，但敏次的心情應該不錯吧！因為不只行成，連成親都稱讚了他。

「等等、等等、等等、等等！」小怪放聲大叫。

昌浩心想，為什麼只有我聽得到它的叫聲呢？真希望有人可以跟我分擔。

如果六合跟勾陣在的話該多好！昌浩不禁打從心底期盼他們兩人的歸來。這一個多月來，他第一次這麼希望他們趕快回到京城。

不管小怪怎麼嘰嘰哇哇地罵一堆不講道理的話，行成和敏次都聽不到。

「昌浩？」

身後傳來有所顧忌的叫喚聲，對昌浩來說簡直就是天助。

行成和敏次都把目光轉向出聲者。

「啊！昌親大人。」

昌親向面帶爽朗微笑的行成鞠躬行禮，走到昌浩身旁，沉著地說：

「好久不見了，行成大人，還有敏次。」

「您好。」

看到敏次恭恭敬敬地低下頭，昌親瞇起眼睛，在昌浩背上砰砰拍了幾下。

這個動作像是在說「難為你了」，昌浩在心底小小感動了一下。

謝謝你，哥哥，我不是孤軍奮戰。

昌親看得到小怪，也聽得到聲音。他所在的天文部離這裡很遠，竟然聽見了小怪的怒吼聲，所以他才跑來看到底怎麼回事。

「行成大人，真難得您會站在這種地方聊天呢！」

聽到昌親這麼說，行成苦笑起來。

「有這麼難得嗎？我偶爾還是會跟談得來的人站著聊聊啊！」

「我想也是，不過我真的很佩服您，這麼忙還有這種閒情逸致。」

行成的表情變得有些陰暗。

「這就是問題所在……」

三對眼睛都驚訝地望向行成。

這位身兼右大弁與藏人頭的能幹官員面色凝重地深深嘆口氣說：

「由於陰雨綿綿，寢宮的重建工程延宕了，我正在煩惱呢！木工寮④的工人都發牢騷說雨不停就無法施工，因為木材淋到了雨，尺寸會改變。皇上也很擔心工程進度。」

行成每天都會去晉見遷移到臨時寢宮的皇上，除了稟報工程進度外，還要請皇上裁示政務，再從那裡趕到皇宮處理繁忙的事務。

這麼忙碌的行成會利用僅有的空檔時間，匆匆忙忙來陰陽寮一趟，多半是為了轉換一下心情吧！

至少跟敏次聊天時，不必猜測話中話，也不必先發制人，爾虞我詐。是可以稍微喘口氣的時間。

行成身為官員的辛苦，昌親多少可以理解。成為參議女婿的大哥成親，工作時也總是繃緊全副精神，只有在跟弟弟們相處時才能夠喘口氣。

「對了……」行成忽然開口說：「昌親大人是在天文部吧？」

「是的，怎麼了？」

行成仰望著混濁沉重的天空說：

「可不可以知道這場雨究竟會下到什麼時候？老實說，剛才我接到通報說，鴨川的河堤有部分潰決了。」

三個人都倒抽了一口氣。保持緘默的小怪夕陽色的眼眸兇光閃閃，轉為嚴厲的表情。

「這……」

猶豫不決的昌親正要開口時，行成對他點點頭，沮喪地說：

「幸虧及時堆起沙包，在造成大災難之前就把事情解決了……不久後，上面應該就會命令陰陽寮長占卜這場雨會下到什麼時候，但是現在可以請你先猜測一下嗎？」

昌親困惑地皺起了眉頭。

「從風的動向和雲的厚度來看，都沒有停止的跡象。博士也覺得事態嚴重，如果雨再繼續下，就會考慮奏請皇上，在貴船舉行『止雨』的祈禱儀式。」

昌親所說的「博士」是天文博士。他這個人向來公私分明，在陰陽寮內決不稱吉昌為父親，然而，天文部的人私底下其實都覺得他不必拘泥到這種程度。

「這樣啊……」

行成顯得有些失望，但很快挺起背脊說：

「止雨的祈禱儀式嗎？知道了，我也會稟報左大臣。」

望著雨下個不停的天空，行成滿臉沉重。

「這些日子都看不到陽光，再不放晴的話，除了寢宮的重建外，還會影響到農作物。」

即使沒下雨，天空也是烏雲密佈，沒有陽光照耀。

「我該回去工作了，敏次、昌浩、昌親大人，告辭了。」

昌浩他們對著手輕輕一揮走向寢宮的背影深深一鞠躬。

敏次聽到鐘鼓聲，想起有課要上，也快步離開了。小怪從昌浩的肩上跳下來，用兇狠的眼神盯著敏次的背影。昌親看著它，苦笑說：

「騰蛇，你的聲音還真驚人呢！連我那裡都聽得見，把博士也嚇壞了。」

「父親嗎？」

昌浩很驚訝，但其實沒什麼好驚訝的，因為昌親跟吉昌是隸屬於同一個單位，既然昌親聽到了，吉昌當然也聽到了。

昌親點點頭，眨眨一隻眼睛說：
「所以才叫我來看看發生了什麼事啊！」
「啊，原來如此。」
所以昌親才會在這種工作時間「剛好」經過這裡。
「小怪，你為什麼對敏次這麼兇呢？」
「嗯，好難回答的問題。」
有種種理由，譬如不喜歡他、看他不順眼、八字不合等等。最重要的是，小怪覺得不甘心，除此之外，第二、第三重要的還是不甘心，就把這樣的情緒全都發洩在敏次身上了。
騰蛇實在太偏愛昌浩了，昌親這麼想，拍打還傻愣愣地杵著不動的弟弟的後腦勺，若不是他頭上戴著烏紗帽，昌親就會在他頭上胡亂抓一把。
然後昌親眨眨眼說：
「昌浩，你長高了一點呢！」
聽到哥哥這句話，昌浩猛然抬起頭。
「真的嗎？哥哥！」
昌親點點頭說：

「你看，視線都升高了，可見你有好好吃，也有好好睡，對吧？」
「對！……咦？」
聽完眉開眼笑的昌親所說的話，原本直點頭的昌浩忽然眨了一下眼睛。
「怎麼了？」
「昌浩，你是怎麼了？」
小怪也轉過身，用後腳直立起來，抬頭看著他。
臉上掛著笑容僵住的昌浩吞吞吐吐地說：
「哥哥……」
「嗯？」
「關於身高。」
「嗯。」
「只有好好吃，沒有好好睡，就長不高嗎？」
昌浩很拚命在吃，因為他的生活是靠體力決勝負，尤其是當有事件發生而必須夜巡時，為了彌補睡眠的不足，更要注意營養的攝取。但有時候還是會來不及吃，他就帶著彰子替他準備的水果乾當成備用糧食，回家後，再把彰子偷偷替他準備的飯糰吃下肚，然後小睡片刻。

這麼回想起來，昌浩可以勉強維持體力，都要歸功於彰子的用心，日後可要再好好謝謝她才行。

這件事就先擱到一邊不提了。

「光好好吃不行嗎？」

昌親好奇地看著臉色驟變的弟弟，回答他說：

「詳細情形我也不知道，總之，我聽說的就是那樣。以前大家都對我和大哥說要好好吃飯，而且儘可能多睡一點。」

不管是哪個時代，小孩子都會希望趕快長大、長高。

儘管是隱形，但大多陪在成親和昌親身旁的太裳，還有嚴肅但很會照顧人的天后，都曾經告訴他們，想長高、長大就不能挑食，什麼都要吃，還要適度地運動，晚上也要睡得好。

「聽說睡覺時，身體會成長。我開始入宮工作後經常熬夜，但還是會盡量找時間睡，不過輪夜班的時候就沒辦法了……咦？昌浩……？」

抱著卷軸的昌浩蹲了下來。不，比較貼切的形容應該是全身無力，整個人癱坐下來。

「昌浩？你是不是哪裡不舒服？你還好吧？」

擔心的昌親彎下膝蓋，搖晃昌浩的肩膀。小怪從烏紗帽和卷軸之間的縫隙觀察昌浩的表情，眨了眨眼睛。

「唉！也難怪啦！」

小怪把前腳砰地搭在昌浩肩上。

昌浩已經大受打擊，振作不起來了。

每當有事件發生時，他白天要在陰陽寮做直丁的工作，晚上還要到處奔波。為了趕快長大、長高，他拚命吃也拚命活動，卻疏忽了最重要的事。

原來是睡眠不足，難怪過了這麼久，還是跟彰子差不多高。

在出雲時，比古也說過，他們只差一歲，昌浩的個子卻小很多，難道真是因為晚上到處奔波的關係嗎？

好，就從今天起好好睡覺。除非有必要，否則晚上一定要好好睡覺，飯也要好好吃，還要適度地運動。

昌浩在心中發誓，一定要長到跟哥哥們一樣高。

「昌浩，如果不舒服，我去跟博士說，讓你早點回家……」

昌浩抬起頭，虛弱地搖搖頭，對擔心他的哥哥說：

「不，我沒有不舒服，只是有點腿軟而已，沒事了。」

「是嗎？」

「是的，謝謝你的關心，哥哥。」

「那就好……」

看到昌浩強撐著站起來，昌親原本還有點擔心，但是看到他又挺直了背脊，就比較放心了。

「如果不舒服就要休息，知道嗎？」

昌親一再叮嚀後，就回天文部了。昌浩目送他離開後，也向陰陽部走去。

走在他身旁的小怪甩了甩尾巴說：

「喂，昌浩。」

「什麼事？」

又蹦又跳的小怪看到中務省的官員從前方走來，就跳上了昌浩的肩膀。

「雖然昌親那麼說，可是你放心，就算不睡也不會長不高。」

「真的嗎？」

昌浩不由得停下來追問。小怪強忍著苦笑，裝出正經八百的表情。

「真的，因為晴明也跟你一樣常常外出夜巡，可是你看他長那麼高。不過，有睡當然還是比沒睡好啦！」

想到祖父使用離魂術時的年輕模樣，昌浩的眼睛就亮了起來。

「這樣啊……太好了！」

不過，昌浩還是鄭重發誓，今後能睡的時候就會好好睡。

小怪嗯嗯地點點頭。其實晴明是在超過二十歲、收十二神將為式神後，才開始夜巡的，但是，小怪判斷最好還是不要告訴昌浩這件事。

如果六合或勾陣在場，是會抗議呢？還是會附和自己的話，增加說服力呢？

小怪搔搔耳後，想著這些事。

它可以想像得到勾陣和六合會怎麼說，還有他們的表情。隨時陪在昌浩身旁是自己的任務，但是以前的自己，似乎不是這麼習慣附近還有其他人在。

現在，騰蛇愈來愈能適應附近有人在的狀態了。對誕生以來幾乎是獨自過著孤單生活的騰蛇來說，這是非常戲劇性的變化。

這孩子掀起了很大的漩渦，不但自己動起來，也大大牽動了周遭的人。

然而，那並不令人討厭。

「喂，小怪……」

心已經飛到遙遠西方的小怪拉回意識，看著昌浩說：

「幹嘛？」

「工作結束後，我想去一趟貴船。」
小怪瞪大眼睛說：
「喂，你也太善變了吧？」
剛剛還堅決地發誓晚上要好好睡覺，現在馬上推翻了。
昌浩稍微沉下臉說：
「工作一結束就趕去，然後馬上趕回家。」
「是哦……去幹嘛？」
小怪收起嘲弄的表情，正經八百地問。
昌浩點著頭說：
「行成大人也說過，這場雨實在下得太久了。為什麼會下這麼久呢？如果有原因的話，我想請教高龗神。而且仔細想想，從出雲回來後，都還沒去過貴船，所以去問候一下也好。」
「說得也是。」
小怪看著下雨的天空，甩甩耳朵。
聳立在北方的群山被房子遮蔽了，從這裡看不到。
但是，那個神總是注視著這片大地。現在這瞬間，說不定也窺視著昌浩。

受到神的矚目不是什麼壞事，因為可以接近那樣的存在、聽到祂的聲音、接觸祂的意志的人所受到的加持，程度遠比不可以的人高出許多。

不過，被迫面對殘酷試煉的次數也相對比較多。

小怪的陰陽講座

③「內侍」是掌管後宮事務的一個官職。

④木工寮隸屬於宮內省，負責宮殿的營建、修理與材料的管理。

3

回想起來，晴明會去出雲，就是聽從貴船祭神的命令。

小怪會想起這件事，是因為他們正在前往貴船的車之輔車上。

那之後，昌浩速戰速決地把工作做完後，下班時間一到離開了陰陽寮。他冒著雨快步趕回家，把直衣換成狩衣，出門前還告訴彰子今天會早點回家。

山路被雨淋得滿是泥濘，車之輔小心地往前走。它怕車輪卡在泥濘裡不能動，會給昌浩添麻煩，所以走得比平常都用心。

「車之輔，你還好吧？」

昌浩從車窗看到山路的狀況不太好，因而擔心地問。

飄浮在車輪中央的鬼臉好像回答了什麼。

昌浩轉頭看看小怪。小怪嘆口氣，開口說：「它說：『主人，不用擔心，比起播種季節時的田埂，這種程度的泥濘一點都不算什麼。』」

這樣啊！昌浩這才安心地瞇起了眼睛。小怪瞄他一眼說：「昌浩，我跟你說過很多次了，不要老叫我幫你做口譯，你就不會想自己努力去聽懂嗎？」

昌浩不好意思地搔搔太陽穴一帶，把嘴巴撇成ㄟ字形說：

「我有在努力啊！」

「那就讓我看看你的努力成果啊！」

坐著的小怪輕描淡寫地講。昌浩嗯嗯啊啊好一會兒才說：

「如果很仔細聽，還是把意思搞錯的話，豈不是很對不起車之輔？」

他怕自己所理解的跟車之輔想說的話完全不一樣。

這樣一來他會覺得很悲哀，也對不起車之輔。

小怪嘆口氣說：「總之就是要熟練，若不多試幾次，就不會熟練。我不可能每次都正好在場，而且如果可以直接跟你說話，車之輔也會比較開心。」

小怪甩甩尾巴，接著又說：「現在的情況就像人在身旁，可以清清楚楚地聽到聲音，卻得透過侍女傳達每句話才能交談。昌浩，你也不希望你跟彰子之間必須這樣才能交談吧？」

這樣的譬喻重重打擊到昌浩。

他滿臉沮喪地沉默下來，過了好一會兒才開口說話，聲音聽起來特別凝重。

「當然……非常、非常不希望……車之輔，對不起。」

聽到主人凝重的低語，妖車嚇得跳起來，車體劇烈搖晃，發出嘎噹聲響，小怪不禁板起了臉。

主人，不用替我這種下人想那麼多啊！主人！主、主人、主人！主——人！

車之輔拚命訴說，無奈昌浩都聽不見。聽得見悲痛吶喊的小怪只能啊啊地搖頭嘆著氣。

「遇到不會的事情，這樣逃避永遠也學不會啊……」

昌浩像是說給自己聽似的愁眉苦臉地碎碎唸。

有太多昌浩不擅長的事，他從來就不會想去克服，而是在自己擅長的事上精益求精。不過，還是應該多少學會一點自己不擅長的事，這樣的努力也很重要。

默默看著自己手心的雙眸之中，似乎多了一點堅強。

小怪瞥昌浩一眼，悄悄嘆了一口氣。

它知道昌浩為什麼這麼想。

很久沒來的貴船正殿，只聽見因為長久下雨而水位增高的貴船川的濁流聲和雨聲。

現在是放晴就能聽到秋蟲清亮叫聲的時節，卻絲毫感受不到那種季節風情。

船形岩上的泥沙也被大雨所沖刷乾淨，看起來跟記憶中的形狀不太一樣。

車之輔停在環繞著正殿的圍牆附近。雖然已經搭車到這個地方，但是由於進入正殿後沒有任何遮雨的地方，所以小怪和昌浩還是淋成了落湯雞。

往船形岩前進的昌浩感覺背後有股神氣上升，往後一看。

「紅蓮。」

在道反與八岐大蛇搏命纏鬥後，這是它第一次變回原貌，昌浩覺得好懷念。他常常跟小怪在一起，卻不太有「它就是神將騰蛇」的感覺。

昌浩看著紅蓮的視線，高度似乎比紅蓮記憶中高出了一些。

昌親說過「弟弟長高了」，紅蓮現在才對這句話有了真實的感受，默默地瞇起了眼睛。這個年紀的孩子成長得特別快，但是，他總覺得昌浩在各方面都衝得太快了。

其實可以再放慢腳步的，只是種種現況都不允許他這麼做，因為他是晴明的接班人，而且身上又背負了太多責任。

紅蓮的期許也是其中之一，然而昌浩從來不曾反彈，推開這一切。即便偶爾會那麼想，也從來就沒有打從心底真正抗拒過。

在晴明的期待、紅蓮的期許、哥哥們的期盼下，昌浩憑著自己的意志，誓言要成為最頂尖的陰陽師。

「高淤神今天會不會不在呢……？」

昌浩看了一會兒天空，瞇起眼睛喃喃說著。

每次他來貴船時，那個神都會現身見他。但基本上，神是很隨性的，當祂不想現身時，不管人類怎麼祈求、等待，祂都不會現身。

這整座山都是高龗神的地盤。

「嗯……改天再來吧！」

紅蓮看著口中唸唸有詞的昌浩的後腦勺，環抱雙臂說：

「叫祂就會出來吧？在我們進入神域時，祂就應該知道我們來了。」

「說得也是。對了，紅蓮，你幹嘛從小怪變成紅蓮？」

昌浩這個不經意的問題，讓紅蓮五官端正的臉往下沉。

「沒什麼大不了的理由……」

「但是覺得非這麼做不可，所以就這麼做了，對吧？」

神聖莊嚴的聲音忽然自天而降，昌浩和小怪同時仰望天空。

閃爍著銀白色光芒的龍神出現在讓黑夜顯得更黑暗的烏雲前。

又長又大的優美龍身大角度旋轉，降落在船形岩上。光芒變得更加強烈，昌浩不由得閉上眼睛，舉起手來遮擋。

他從指間窺視，看到神在逐漸減弱的光芒中化為人形，瀟灑飄逸地站立著。身上纏繞的光波，就是高龗神本身散發出來的神氣。

雨是由這個神所掌管，所以降下來的雨不會打在祂身上，只有那個地方的雨滴會被彈開，好像包著一層蠶繭。

如果玄武、天后等水將，或是可以把雨彈開的風將們在的話，也能夠像那樣避開雨。

昌浩想起某天有人跟他說過，祖父晴明以前也曾經這樣一路躲雨，進宮去晉見皇上。

想到這件事，他差點噗哧笑出來，但這樣對神很沒禮貌，所以他緊緊抿住嘴唇，挺直了背。

高龗神在船形岩上坐下來，弓起一隻腳，俯瞰著神將和小孩。

形狀漂亮的嘴唇揚起微笑。

「好久不見了，找我有什麼事？無知的小孩。」

昌浩眨眨眼睛。都過這麼久了，神還是不叫他的名字，恐怕還是菜鳥時，都得不到神的認可吧！

高淤神跟平常一樣，興致盎然地看著這麼胡思亂想的昌浩，忽然，祂的眼皮顫動了一下。

深藍色的眼眸失去了笑意，展現要把人完全透視般的犀利感。

紅蓮注意到祂的表情變化，在心中暗自驚嘆，真不愧是這個國家屈指可數的天津神，一眼就看穿了。

紅蓮比較擔心的是，祂會如何反應呢？

陰陽師同時具有陰、陽兩面，這個神卻特別喜歡昌浩純淨的一面。昌浩並沒有失去這個部分，然而與去道反之前相比，有了決定性的改變，這也是事實。

昌浩感覺到神投注在自己身上的視線，覺得渾身不自在，表情變得有點僵硬，只能疑惑地看著神，不敢隨便說什麼。

好一會兒，紅蓮和昌浩就這樣默默地淋著雨。

杵在讓人喘不過氣來的緊張氣氛中，昌浩覺得很難過：呼吸困難，心跳慢慢加速，因為神的視線有著無法形容的壓力。

看著昌浩快被那種氣勢震倒的背影，紅蓮開口說：「高龗神，怎麼了？」

小小的背影顯然鬆了一口氣。只有雨聲與濁流聲的神域，給人的壓迫感實在太強烈了。

貴船祭神把目光轉向紅蓮，眼眸炯炯發亮。紅蓮坦然面對了祂的視線。

「看來，不能再叫他無知的小孩了。」

神莊嚴地說完後，翹起了嘴角。

「神啊！那是因為……」

高龗神舉起右手打斷了紅蓮的話，紅蓮只好閉上嘴巴。

「不過很有膽識，這樣也很有意思。」

這麼說的貴船祭神看起來像是樂在其中，剛才的犀利感一掃而空。

昌浩不由得鬆了一口氣。其實他非常畏懼神的視線，只是他自己沒有感覺。

那眼神酷烈、冷澈，彷彿能貫穿任何事物。

神有好幾個面相，也有好幾個靈魂。至今以來，這個神在昌浩面前展現的大多是「和魂」，但是剛才瞬間瞥見的，應該是「荒魂」。⑤

「喂，安倍之子，我再問你一次，在這樣的雨夜，你來找我做什麼？」

既然神開口問了，昌浩只好小心翼翼地回答：

「老實說，我是來請教這場雨的事。」

「這場雨？」

高龗神的表情立刻緊繃起來，放下原本弓起的一隻腳，盤腿而坐，把雙肘搭在膝蓋上。

「由於陰雨綿綿，聽說鴨川的河堤有部分潰決了。回想起來，從陰曆八月以來就沒有放晴過。」

貴船祭神沉默不語。

昌浩認為祂的沉默是在催自己說下去，所以又接著說：

「高淤神是掌管雨水的龍神，所以我希望您可以回答我，這樣的天氣會持續到什麼時候。」

昌浩停下來看著神。高淤神面對他的視線，眨了眨眼睛。

「雨是由我掌管沒錯，但是，我的力量並不是遍及全世界。」

聽到神這麼說，昌浩點頭表示了解。

「也許是這樣……但是，可不可以請您至少讓京城一帶的雨停下來呢？再繼續下雨的話，很多人會受害……」

一旦潰堤，河水就會灌入京城。雖然現在情況還沒有那麼嚴重，但是雨再繼續下的話，潰堤的範圍逐漸擴大，濁流就會毫不留情地侵襲京城。

雨水已經導致地盤鬆軟了，要是河水再灌進來，必然會造成極嚴重的災害，尤其是排水不良的右京會出現很大的問題。

臉上看不到任何情感的高淤說：「那是人類自己的事。」

「唔……您說得沒錯。」

昌浩無言以對，只能點點頭。神說得沒錯，所以他不知道該怎麼辯駁。

高龗神對沉默下來的昌浩淡淡地說：

「下雨是天意，雨停也是天意。我雖然掌管雨水，但也不能違背天意。」

一切都是偉大的上天的意旨，神也有義務要遵從天意。

高龗神自己就說過，神也並非萬能。

昌浩心想的確是這樣，嘆了一口氣。

「我知道了，對不起。」

高淤顯得一點都不在意，搖搖頭，對低頭致歉的昌浩說：

「小孩，你找我就只為了這件事嗎？」

「啊！還有，從出雲回來後一直沒來問候您，所以這也是目的之一。」

聽到昌浩說得這麼老實，高龗神微微一笑說：「你真的很有意思。」

「是、是嗎？」

貴船祭神對完全摸不著頭緒的昌浩點點頭，眼神溫和地說：

「安倍晴明一從道反回來，就滿臉憔悴地來見我了。」

悶不吭聲待命的紅蓮皺起了眉頭，心想：

喂、祢有沒有搞清楚啊，是祢派晴明去當探子，他才會深入出雲的道反聖域，還不要命地使用了荒謬的招神術，搞得他筋疲力盡，回來後又被青龍和天后狠狠訓了一頓，才會變得那麼憔悴啊！追根究柢，不都是祢的錯嗎？

神本來就是這麼任性、不講理，但紅蓮還是很難接受。

正要說祂幾句時，忽然感覺到高龗神全身散發出緊繃的神氣。

「……」

縱使居眾神之末，紅蓮畢竟也是神，所以那是一種直覺。

紅蓮訝異地皺起了眉頭，高淤察覺到他的視線，瞇起眼睛說：

「幫我問問晴明，他手下的神將們什麼時候才會從道反回來。」

「這……我會問他……」

緊張地等著聽貴船祭神要說什麼的紅蓮，聽到只是這樣的事，有點洩氣地點了點頭。高淤看著紅蓮，深藍色眼眸中瞬間閃過不安的神色。

「最好早點集合……人手愈多愈好。」

「高龗神？」

搞不清楚祂到底是什麼意思。

貴船祭神站起來，看看掩不住驚訝的紅蓮，再看看昌浩。

「雨愈下愈大，你們差不多該走了。」

祂抬頭看看天空，小聲地自言自語：「我會努力嘗試……阻止這場雨。」

這句低喃被雨聲掩蓋了，沒有傳入昌浩耳裡。

「謝謝。」

昌浩低頭致謝，高龗神微微一笑，然後瞥一眼表情凝重的紅蓮，像有什麼含意似的瞇起了眼睛。

高淤帶著銀白光芒的肢體輕飄飄地飛了起來，又長又大的龍身升上天際，消失在雲間。

「……」

紅蓮的雙眸之中閃爍著犀利的光芒。

昌浩沒有聽到高淤最後的喃喃自語，但紅蓮是神將，聽得非常清楚。

「那是什麼意思……？」

紅蓮直瞪著高淤消失的天空。昌浩不管他，把手舉到頭上擋雨，轉身往回走。

神社境內的積水不只是水窪，幾乎成了淺淺的水池。昌浩小心地踩在勉強殘存的地面，回頭對紅蓮說：

「回家啦！紅蓮。」

「啊，哦……」

紅蓮回應跳來跳去閃躲積水的昌浩後，又抬起頭看著天空。

祂說會努力嘗試，也就是說，即使努力，也不見得能阻止。不，應該是說阻止不了的可能性比較大。

連掌管雨水的龍神都這麼說，這場雨究竟是……

還有，祂那麼在乎留在道反的同袍們什麼時候回來，是在暗示必須趕快把神將們召回來嗎？

雨水打在水窪和地面上。

「紅蓮，走啦！」

鑽過大門的昌浩回頭喊他。

然而，紅蓮還是瞪著龍神消失的天空，動也不動地佇立了好一會兒。

在雨聲中，微風輕輕吹動著著燈台的火焰。

現在開著窗會有點寒意了。帶著濕氣的風又重又涼，安倍晴明不由得抓起手邊的外衣。

正在看書的他愈看愈入神。他把堆在書庫裡的書統統挖出來，開始追溯近年來的氣象紀錄。

除了鴨川河堤有部分潰決的通報外，他還接到左大臣藤原道長的命令，要他觀察雨雲的動向。

明天就要向道長稟報判斷結果。陰陽寮應該也接到了同樣的命令，但還是要各自做出判斷。

燈台不知何時點燃了，應該是天后或玄武的用心。為了不打攪到主人，他們輕手輕腳地為他準備了燈光。

想到他們隱形點燃燈火的樣子，晴明就覺得好笑。一般人看到這種光景，一定很驚奇。神將們完全隱形時，連晴明都看不到他們，恐怕只有靈視能力被稱為當代第一的彰子，勉強可以看到他們的輪廓。

垂下來的簾子輕微晃動著。水氣太重的話，書籍就會產生濕氣。天氣放晴就可以陰乾，但是以目前的氣候來看，暫時很難撥雲見日。

雨下久了，人就會沒精神。

晴明嘆口氣，闔上書，正要伸手拿其他的書時，發現有個身影倚靠在燈台的燈火幾乎照不到的牆面上。

身上的黑衣彷彿融入了黑暗中。他完全隱藏了氣息，所以不知道來多久了。

燈台的燈火隨風搖曳，剛剛才出現的影子也配合火焰舞動著。

「……」

老人面向環抱雙臂的身影，端正坐姿，彎腰行禮。
「好久不見了。」
男人沉默不語，沒有回應老人的第一句話，只揚起了一邊嘴角。
完全不期待會有回應的晴明淡淡地接著說：
「真對不起，沒注意到你的來訪，再怎麼專心看書也不該……」
「我隱藏了氣息，你也不可能察覺。」
晴明眨眨眼睛，注視著年輕人。
已經很久沒有這樣直視他了，因為他很少出現在人界。晴明覺得「神出鬼沒」這個形容詞，簡直就是為他而存在的。
不過要是昌浩聽到的話，一定會說使用離魂術的爺爺也一樣神出鬼沒。
最後一次，是在那個境界的岸邊，見到他佇立的背影。
妻子抖動肩膀哭泣的模樣浮現在腦海中，晴明垂下了眼睛。直到現在，她都還在那裡等著。
「河岸的……」
晴明才剛開口，年輕人就舉起手打斷了他。
「她還是一樣，平安無事……不過用平安無事來形容一個已經沒有生命的人，是有點奇怪。」

「是嗎？」

「每次牛頭、馬面去探望她時，她還是會嚇得全身發抖。你也勸勸她嘛！差不多該學著適應了。」

年輕人的語氣聽起來有些為難，晴明忍不住低聲笑了起來。年輕人知道他在笑什麼，不高興地瞇起了眼睛。

「都怪你悠哉遊哉地繼續活著，事情才會變成這樣。你也趕快死一死，渡過那條河吧！」

「對不起，即便是冥府官吏的要求，我也難以照辦，因為我還有很多事要做。」

「那麼就快點把那些事做完。」

疾言厲色的冥府官吏，與晴明之間說熟識也算熟識。晴明收十二神將為式神沒多久後，就遇上了他。

「我會盡量在壽終正寢之前做完。」

晴明瀟灑自若地說。

遇上他，對晴明來說是最不堪回首的往事，如今回想起來仍歷歷在目，用怒火中燒來形容再貼切不過了。老實說，他從來沒有那麼激動過。

冥官從晴明的表情看出他正沉溺於往事的回憶中，就把雙手環抱胸前看著他。

外表是年輕人的冥府官吏大約在二十到二十五歲之間，留著不到肩膀的烏黑短髮，端正、精悍的長相，不輸給十二神將，身高也跟鬥將們差不多。他總是一身黑衣，只有偶爾會摸黑出現。

「聽說出雲地方發生了一些事。」

冥官忽然改變了話題。

晴明眨眨眼睛，掩不住訝異地看著年輕人。

「你真清楚呢……！」

「你以為我是誰啊？」

可以用這種語氣跟晴明說話的人應該不多。沒辦法，他就是那種凡事都可以看透來龍去脈的人。

「事情好像是解決了……不過，有點草率，安倍晴明。」

「什麼……？」

晴明不解地皺起眉頭，冥官把視線從他身上移到屋裡一角的櫃子上。

晴明發現他的視線，也跟著望向櫃子，一一回想著櫃子裡的東西，然後微微睜大了眼睛。

看到晴明的表情，冥官那線條優美的嘴唇浮現令人難以招架的笑容。

「終於發現了嗎？」

晴明的表情變得嚴肅，正要站起來時被冥官制止了。

「只是一點小破綻，只要不太嚴重，我大多可以假裝沒看到。」

「包括我在內，誰都沒發現。」

年輕人對板著臉嘟嘟囔囔的老人說：「你沒聽見嗎？我說我大多可以假裝沒看到。你畢竟是人類之子，而你手下的十二神將也都不是完美無缺。」

冥官停頓一下，深呼吸後又接著說：「除非你不打算做人類之子，不過，你應該不希望那樣吧？」

那語氣非常沉穩，然而愈是沉穩，愈是沁入人心，造成沉重的陰影。

「是的……」

晴明垂下頭，咬住下唇。

是環繞著安倍家的結界出現了很小的破綻。在這個年輕人提醒之前，晴明和神將們都沒有發現。

現在發現了，只要經過調查，就會知道是什麼時候出現的破綻。

「能突破當代第一大陰陽師佈設的結界，即使只是一小部分，也相當厲害了……不

過這也無可厚非，因為不是人類的力量。」

晴明把視線拉回到年輕人身上。

冥官興致盎然地說：「那東西好像可以利用呢！遲早派得上用場，你先收著吧！」

「是要用在哪裡？」

「到時候你自然會知道，也說不定用不到，只有上天知道情況會如何演變。」

年輕人把視線從櫺子移到窗外，眼神顯得有些浮躁。

「人界的雨下個不停呢……好討厭的雨。」

「冥官大人？」

「這是違反天意之雨，天要整頓顛覆命運的生命。」

輕描淡寫的話語之中，蘊含著沉重的言靈。

年輕人背對晴明，冷靜地接著說：

「因為不符合冥府的規定，所以我不能出手……安倍晴明。」

沉著的嗓音令晴明全身一陣緊繃。

壓抑著內在的力量、像影子般佇立的男人，光一句話就可以讓人稱「曠世大陰陽師」的老人畏怯。

「了解天意，導正方向。」

「所謂『方向』是……」

勉強提出來的問題問得又僵硬又拘謹。

年輕人微微轉頭往後看著老人，淡淡一笑說：「喲，你也知道恐懼？」

「凡人類之子都知道恐懼。」

「那麼，就除去那樣的恐懼。人類很脆弱，但是在恐懼中培養出來的強韌，可以勝過任何事物，有時候甚至超越神明。」年輕人又聳聳肩說：「我好像說太多了。」

他無聲地移動著，把手伸向了木拉門。

「你的十二神將們好像也發現了。」

就在拉開木門的剎那，雨的味道灌入屋內。在晴明的注視下，年輕人的身影瞬間從雨中消失了。

晴明這才覺得肩膀緊繃，呼地鬆了口氣，然後發現不只肩膀，而是整個人都處於過度緊張中。

《晴明。》

氣息降臨後，出現了幾個身影，是神將青龍、白虎和朱雀。

青龍瞪著敞開的木拉門，低聲說：「有人來過……」

「是的，剛剛離開。」

青龍眉頭深鎖。

嚴厲的雙眸似乎在苛責晴明為什麼不叫他們。

晴明搔搔太陽穴一帶。沒錯，晴明是可以叫他們來，不過就算叫他們來也沒什麼用，想都知道只會引發無謂的爭吵，所以他沒那麼做。

青龍跟那位仁兄八字不合。不，不只青龍，應該說所有神將都跟他八字不合。連自己年輕血氣方剛時，也非常討厭他。

然而隨著年紀增長，經歷過不少「豁然開朗」的事情後，已經不那麼討厭他了。而且面對毫無勝算的勁敵，無論再怎麼奮勇當先也無濟於事。一旦遭到反擊，反彈回來的力道，恐怕會比自己當初的攻擊力強過好幾倍。

「他特地來這一趟，是為了什麼？」

朱雀懷疑地嘀咕著。

晴明站起來走向木拉門，從敞開的門縫鑽出外廊，讓充滿水氣的風撫過全身。

太陽已經完全下山了，周遭一片漆黑。

對了，昌浩和小怪還沒回來，到底跑去哪裡摸魚了？

晴明邊想著這件事，邊察看環繞安倍家的結界。

「晴明？」

跟著主人出來的白虎百思不解地偏起了頭。朱雀和青龍也跟著走出來，疑惑地看著主人的行動。

晴明閉上眼，過了好一會兒才張開眼睛，嘆口氣說：「以後得謝謝他才行。」

「謝誰？總不會是冥府官吏吧？」

低聲詢問的青龍語氣火爆。晴明點點頭，沉重地說：

「是的，他臨走前，替我們修復了環繞四周的結界。」

神將們都屏住了氣息。晴明看著他們苦笑說：

「不只是你們，我也疏忽了……大蛇的力量真是可怕。」

聽到晴明的低語，神將們都呆若木雞，默然無聲。

小怪的陰陽講座

⑤神有幸魂、奇魂、和魂與荒魂等四個面相，會隨著需要而改變形體。

4

車之輔回到京城時，已經快要戌時了。

由於下雨的關係，太陽下山得早，天色一片漆黑。

昌浩對自己施行了暗視術，所以晚上也看得見。不過，當靠暗視術也看不太清楚時，最好還是有月光或星光配合。

雨下得道路滿是泥濘，所以從貴船回來時，比平常多花了一些時間。車之輔雖然全力奔馳，但是中途有好幾次卡進溝裡，大費周章才脫困。

有時，靠車之輔的力量就可以脫困，有時會卡死在變成泥淖般的道路上，進退不得。

這時候，小怪就會嘆口氣，阻止想要下車幫忙的昌浩，自己恢復原貌，下去從後面推動車子。

車之輔會顯得很不好意思，不停地道歉。

對、對不起、非常對不起！都怪小的我沒用，把輪子卡進水溝裡，還得勞煩式神大人來幫我推車，這真是我這輩子最大的失誤！

飄浮在輪子中央的鬼臉淚如泉湧。紅蓮只好邊推著拚命高速轉動輪子的車之輔，邊像哄小孩般對它說：

「我知道了、我知道了，我要推囉！」

是、是，一、二、三，推！

嘎噠。

輪子終於從水溝裡脫困了，哭得唏哩嘩啦的車之輔回頭感謝紅蓮。

啊，謝謝你，真的太謝謝你了，式神大人！

紅蓮又變回小怪的模樣，揮著前腳安慰車之輔。

「不客氣，快趕路吧！」

擔心的昌浩也掀開後車簾，探出頭說：

「小怪、車之輔，還好吧？」

「嗯，沒事，你不要出來，感冒就不好了。」

是的，主人，您不可以出來。

昌浩只聽得見小怪的聲音，但是心想車之輔一定也跟小怪一樣擔心自己，就同時對兩邊說：

「謝謝你們。」

等小怪上車後才繼續奔馳的車之輔，這回非常小心地選擇道路。
結果，為了避開變成泥淖般的道路，不得不繞一大圈。
從西大宮大路進入京城後，只有一些水窪，就可以像平常一樣行走了。
車之輔鬆了一口氣，從一条大路向東走。
從車窗往外看的昌浩，看到煙雨迷濛中的皇宮圍牆。
「車之輔，停一下。」
車之輔嘎噠一聲停下來了，昌浩掀開前車簾跳下來。
「昌浩？」
小怪驚慌地跟著跳下車，昌浩邊鑽過車轅，邊回頭對小怪說：
「我覺得寢宮不太對勁。」
小怪眨著眼睛，往遙遠的皇宮圍牆望去。
從這裡當然看不到寢宮，但看得到寢宮的上空。
夕陽色的眼睛閃耀了一下。
從烏雲密佈的天空到寢宮上方之間的空間，似乎被奇妙的漩渦扭曲了。
顏色變得比白天看見時更濃烈。
站在車之輔旁邊的昌浩調整呼吸，把手放在胸口，定定注視著那裡。

他已經失去靈視能力一段時間了，所以他都把用來彌補這個能力的出雲玉石，跟香包一起掛在脖子上。

透過上衣抓著玉石的昌浩眨了眨眼睛。

在出雲，當垂死的他被推落河中時，香包的香味全被水沖掉了。

回到京城後，昌浩一再道歉，彰子只是搖頭笑笑。

她還說謝謝昌浩這麼珍惜，兩手小心地抱著破破爛爛的香包。瞬間，昌浩無法直視她。

現在昌浩掛在脖子上的香包，是彰子重新縫製的。

珍貴的伽羅香，是藤原道長透過晴明轉送給女兒彰子的禮物，聽說是在某次的謝禮中，特地放入了伽羅香。

晴明自己也用香，尤其是用來除魔驅邪。因為是用在法術上，所以使用時會毫不吝惜地大把大把焚燒，只是消耗量太大了，所以大多使用白檀，奢侈一點也只用到沉香，而且只有在委託人是出手闊綽的大貴族時，才會使用沉香。伽羅太貴，絕對不會用在法術上。

道長知道可能再也見不到女兒了，但還是很關心她。只要見到晴明，就會有意無意地問起她的狀況。

有時彰子的身體狀況不太好，晴明又不敢隱瞞，據實相告，道長就會以慰問晴明的名義，送來昂貴的糕點和營養品。

道長當然也關心入宮的中宮，不，是更加費心。

至於有多費心，連昌浩這樣的「地下人」都聽說過，所以彰子也感到欣慰。

道反的丸玉數量增加了。剛開始只有一個，但是抵不過天狐的力量，碎裂過好幾次，現在是由六顆直徑約兩公分的青綠色丸玉與中間一顆紅色勾玉，串成一條項鍊。據說串起這些玉石的黑線，還是用道反女巫和女兒風音的頭髮撚成的呢！

離開道反聖域之前，女巫把這串項鍊交給昌浩後，他就一直戴在身上了。

聽說力量比以前的丸玉強大許多，可以補足昌浩失去的能力，鎮住天狐之血，只是那之後沒發生過什麼意外，所以昌浩還沒有什麼特別的感覺。

如果沒有丸玉，昌浩就看不見妖魔鬼怪，所以很重要。他本來想，不要掛在脖子上，而是直接纏繞在手上的，可是會露出袖子外，只好算了。

戴在看得到的地方，比較容易確認有沒有忘記，可是不知道要戴在哪裡。

「昌浩。」

按著胸口想著這些事的昌浩，被叫喚他的聲音拉回了意識。

小怪直立在昌浩腳邊，舉起前腳放在眼睛上方，眺望著遠處。

「你說你覺得寢宮有問題，那要怎麼辦呢？裡面有侍衛、侍從，沒那麼容易進去吧？」

「嗯，說得也是……」

昌浩搔搔後腦勺，困惑地說。由於他現在穿的不是進宮工作時的正式服裝，所以連進皇宮都要考慮。

「可是還是很想進去看看……」

這時候如果有水將玄武或兩名風將在，就方便多了。玄武可以透過水移送他們，兩名風將可以靠風運送他們，這樣就很容易摸黑混進寢宮了。

「先回家拜託白虎或玄武會比較快吧？俗話說欲速則不達。」

對於小怪的提議，昌浩環抱雙臂說：

「那樣是比較快，可是我怕我回到家後就不想再出來了。」

雨下得這麼大，回到家，把頭髮擦乾、換上乾爽的衣服後，一定就不想出門了，昌浩敢打賭絕對是這樣。

小怪可以理解昌浩的想法，所以也不好再說什麼，其實小怪自己都比昌浩還想回家。

兩人正想著該怎麼辦時，忽然颳起了一陣風。

這陣風與剛才的風吹向完全不一樣的方向，還夾帶著神氣。

就在小怪抬頭仰望的同時，粗獷的嗓音自天而降。

「騰蛇、昌浩，你們在這裡做什麼？」

「白虎……還有玄武？」

昌浩順著張大眼睛的小怪的視線望過去，也看到了白虎和玄武。

兩人纏繞著風，從天空滑翔而下，降落在昌浩他們面前。

白虎的風包住昌浩和小怪，神氣彈開了降下的雨滴，接著，玄武的神氣又除去了兩人濕透的身體上的水氣。

剛才差點凍壞了，所以神將們的心意真的很值得感謝。

「謝謝你們。」

「不用客氣。對了，你們再不回去的話，彰子小姐和晴明都會擔心。」

白虎這麼說。玄武也點點頭說：

「尤其是小姐，還在你房裡等著呢！昌浩，你不是跟她說今天會早點回家嗎？」

玄武不太有感情的聲音聽來平淡，卻很有震撼力。

昌浩張口結舌，面有難色。出門前，他的確那麼說過。

「淋濕了對身體也不好，你跟我們不一樣，是脆弱的人類，太過自信只會給自己找麻煩。」
白虎滔滔不絕地說著，抬眼看著他的昌浩忽然眨了一下眼睛。
「喂，白虎。」
「什麼？」
昌浩環視周遭確認過後，接著說：
「太陰呢？好久沒見到她了。」
這陣子都沒見到太陰，她跟晴明早一步從道反回到京城，昌浩比他們晚了幾天才回來。
基本上，太陰和白虎都隱形陪在晴明身旁，或是留在異界，只有必要時現身，所以就算好幾天不見也不稀奇，可是這次實在太久沒見到她了。
「好像不在爺爺那裡，彰子也說很久沒見到她了。」
白虎和玄武互看了一眼，那種眼神好像意味著什麼。小怪看到他們那樣子，也裝傻地遙望著某處。
「喂，到底怎麼了？」
昌浩驚訝地追問。白虎說：
「她……現在跟天空翁、太裳在一起。」

沒記錯的話，天空和太裳通常待在異界的一角。
白虎說完後，換玄武語重心長地說：
「再過一段時間，也許她就可以重新站起來了……到時候，我建議我們應該要熱忱地迎接她。」
「咦，什麼？太陰怎麼了？小怪，你知道嗎？發生了什麼事？」
昌浩像放連珠砲似的問，小怪沉吟了好一會兒才回答：
「的確是有事……我也是聽說的……起因是晴明，不，應該說是高龗神吧……！」
「什麼？」
昌浩滿腦子都是問號。白虎結結巴巴地對他說：
「發生了很多事，現在她把自己關在自己的殼裡。」
「自己的殼裡？」
晚幾天回到京城的白虎和玄武見到同袍太陰時，她已經不哭不鬧，抱著膝蓋、低著頭，安靜地坐在異界的天空翁身旁。
後來他們才聽說，她被青龍和天后狠狠罵了一頓。晴明替她做了辯解，結果變成「晴明有錯，但是被迫那麼做的她也有錯」。
「這……」

不知道該怎麼接話的昌浩，覺得背脊掠過一陣寒意。

很難想像太陰被罵到什麼程度。青龍和天后都不可能動手，但是聯合起來罵人，連天不怕地不怕的太陰也不得不投降。

想到在出雲跟自己同心協力做殊死戰的女孩，昌浩就覺得心痛。因為日常生活的步調太過緊湊，一直沒有餘力去關心許久不見的太陰。

從昌浩沮喪的表情，大家就知道他在想什麼，紛紛裝出沒什麼好擔心的樣子，你一言我一語地說：

「昌浩，不用煩惱，是太陰自己太禁不起罵。」

「而且想想晴明的身體狀況，就會覺得青龍他們說得也有道理。」

「先別說她了，你到底打算怎麼處理寢宮的事？」

小怪忽然改變話題，白虎和玄武都訝異地看著它。聽完小怪的說明後，兩人都露出為難的表情。

「這……很抱歉，我們奉晴明的命令，必須去一個地方。」

玄武黯然地道歉後，白虎接著說：

「鴨川的河堤不是有部分潰決了嗎？我們要去視察。」

「哦……」

聽完兩人的話，昌浩和小怪同時叫出聲來。原來晴明也接到了通報？晴明的命令是優先事項，所以不能請兩人幫忙。

昌浩嘆口氣說：

「這樣啊！那我只好自己想辦法了。」

「想辦法？想什麼辦法？」

被懷疑的小怪這麼一問，昌浩不知如何回答，只能沉默下來。說歸說，他根本不可能想出辦法。

拿他沒轍的小怪正要開口時，頭上響起了聲音。

「找到昌浩了！」

小怪驚訝地抬頭，看到太陰和朱雀飄浮在半空中。

「太陰、朱雀！」

看到張大眼睛的小怪，太陰的表情立刻緊繃起來，躲到朱雀身後，再緩緩降落地面。小怪察覺她的態度，只是無奈地眨了一下眼睛，什麼也沒說，然後甩甩白色尾巴，盡量不動聲色地跟她拉開距離。

朱雀看到小怪假裝不經意的動作，不禁瞪大了眼。他瞥白虎一眼，發現壯年的同袍正無言地點著頭。他也微微點頭回應，眼神溫和了許多。

「朱雀、太陰，你們怎麼來了？」

昌浩非常驚訝。朱雀回答他說：

「因為你們遲遲沒回來，小姐很擔心，所以我就跟很久沒來人界的太陰一起出來找你們。」

「是、是啊！朱雀叫我一起來，彰子小姐也拜託我……」

太陰愈說愈小聲，朱雀在她頭上抓了抓，苦笑著說：

「她這陣子都是這個樣子，所以我想帶她出來散散心。」

看到太陰緊抓著朱雀的衣服躲在他背後，昌浩也伸出手摸摸太陰的頭。

昌浩最後一次看到的太陰，是幾乎用光了通天力量、滿身創傷的她。

現在已經沒有那樣的危險了。至於見到小怪就會退卻畏縮的問題，也只要交給時間慢慢去解決就行了。

老實說，昌浩無法理解太陰為什麼這麼怕小怪、這麼怕紅蓮。

挨罵也許會害怕，但那是因為自己有錯，應該還不至於造成對紅蓮的恐懼。

要說騰蛇是十二神將中最強的，昌浩的確在出雲那場對大蛇之戰中見識到了，但要說他是最兇的，昌浩就感到疑惑了。他從來沒有懼怕過騰蛇，以後也不可能懼怕。

「呃，太陰，我想拜託妳一件事。」

被昌浩直盯著看，太陰才慢慢抬起頭看著昌浩。

「什麼事？」

太陰給人的印象總是那麼開朗直爽，就像夏天的陽光。現在的她卻像快要乾枯的夏之草，表情呆滯，顯得無精打采。

看到她這麼沒精神，昌浩就覺得提不起什麼勁來。

「我想請妳把我跟小怪送去寢宮。」

一聽到小怪的名字，太陰就緊緊揪住了朱雀的衣服。

「可以找玄武或白虎啊！」

太陰皺起了眉頭，玄武舉起手插嘴說：

「我們奉晴明之命，正要前往鴨川。」

「就是這麼回事。我們該走了，玄武。」

被白虎催促的玄武點點頭，包圍著兩人的風就捲起漩渦，高高飛向了天空。

太陰看著同袍們邊甩開雨滴邊從天空飛走，神情木然地問昌浩：

「你要去寢宮做什麼？」

「呃，我覺得不太對勁，想去視察一下再回家。」

「好吧……」

太陰還是抓著朱雀的衣服不放。小怪盡量躲開太陰的視線，默默地站在昌浩腳邊。

看到這種情形，朱雀嘆息地說：

「要去就趕快去。走吧！太陰。」

他這麼催促後，敲敲比自己嬌小的太陰的頭，太陰沒說話，點了點頭。

神氣之風瞬間包圍了所有人。

才一眨眼工夫，昌浩的身體已經飛上了天。

風勢比平常緩和許多。

「總覺得……」昌浩停頓一下，攀坐在他肩上的小怪看看他，他壓低嗓門說：「這不太像太陰的風，好穩。」

「沒錯。」

棕色頭髮騰空飛揚。彈開雨滴的風罩包住了所有人，無聲地滑過天空。昌浩心想，如果一直都是這麼溫和的風該多好，但很快又搖搖頭否定了。

粗暴的風是有很多問題，可是完全失去她原有的氣勢，又好像少了什麼，還是希望她趕快振作起來。

翩然降落的寢宮一角沒有侍從巡視，寂靜無聲。

現在應該是空檔時間吧！不然就算還在重建中，也不可能空無一人。

雖然黑色狩衣在黑暗中看不清楚，但還是要小心為上。他們躡手躡腳地到處走動，一聽見侍女說話的聲音，馬上躲到陰暗處，等侍女走過去。

經過渡殿的幾個官員應該是值夜班的人。

他們連鑽過好幾間渡殿，躲在外廊底下悄悄前進，偶爾偷窺幾棟沒有點燈的宮殿。尚未完工的宮殿有很多都還沒裝上窗戶，可以看見剛落成的主屋。

完工後就會被屏風、竹簾及窗戶遮住，絕對看不到廂房或主屋。不過，完工之後應該也進不來了。

躲在外廊底下的昌浩想著這些事。

寢宮被燒毀一年多了，現在被雨淋濕的建築物，使用的木材看起來都很新。

火災燒掉了清涼殿和大部分後宮，其他損害不嚴重的宮殿就繼續使用了。

在黑暗中冒險前進的昌浩，看到古老的建築物便奔了過去。

「這裡是……」

寢宮裡的建築物，他都知道名稱，只是從來沒有機會親眼看到。他在大腦中描繪以前看過的略圖，辨認建築物的配置。

「呃……」

小怪坐在皺起眉頭思索的昌浩肩上，忽然動了動耳朵。

「喂，有人來了。」

昌浩慌忙躲到階梯後面，小怪也跟著躲。朱雀和太陰一進入寢宮就隱形了，所以一開始就不見蹤影。

《好像是巡邏的侍從。》

朱雀的聲音在附近響起，昌浩默默地點點頭。

《風好像不太對勁。》

從進來到現在都沒開過口的太陰嚴肅地低聲說。

昌浩和小怪都露出驚訝的神色。

「哪裡不對勁？」

隔了半晌，太陰才回答小怪的疑問。

《我……我也不太清楚，就覺得有什麼東西悄悄藏在風裡。》

昌浩集中精神搜索氣息。在大雨中、在不時響起的風聲裡，的確夾雜著什麼其他東西。

兩人一組的巡邏侍從向昌浩他們走過來，小腿上的護具相互摩擦發出聲響，拿在手上的帶把燭台外面包著不怕雨淋的油紙。

燭光可以照到的範圍不大，頂多到昌浩他們腳邊而已。

為了小心起見，他和小怪還是退到外廊底下的最裡面，等侍從們經過。

可以斷斷續續聽到兩人的交談。

「現在情況怎麼樣了？」

其中一個侍從問。另一個重重嘆口氣說：

「好像不太樂觀。唉！雨下個不停，精神就更不好了。」

「是啊！有句話說病由心生……對了，我聽說……」

一個侍從忽然壓低嗓門，邊察看四周，邊小聲說：

「去年冬天不是出現過幽靈嗎？」

另一個停下了腳步。

「啊，沒錯……」

昌浩眨了眨眼睛，心想他們說的應該是穗積諸尚那件事。

「幽靈不是找上了右大弁大人嗎？後來怎麼樣了？」

「聽說是被陰陽師收服了。」

昌浩不由得把手指向自己，小怪嗯嗯地點點頭，隱形的朱雀和太陰的反應也跟小怪一樣。

「你說的是陰陽師安倍晴明吧？」

「……」

躲在外廊底下的昌浩差點大叫起來，趕緊摀住自己的嘴，小怪的白色前腳也壓在他摀住嘴的手上。

「笨蛋，會被發現啊！」

看到半瞇起眼睛的昌浩點了一下頭，小怪才移開前腳。昌浩板起臉，瞪著侍從們。

《說真的，晴明也一樣，常常默默地做很多事，這些事都不會成為人們談論的話題，永遠不會有人知道。》

朱雀說完安慰的話，換太陰接著說：

《就是啊！昌浩，我們都知道你也很努力。》

最後，小怪也砰砰拍了拍昌浩的頭。

蹲在外廊底下的昌浩默默點著頭。他並不想得到不特定多數人的讚賞，只要身旁的人都知道他在做什麼就行了。

蹲太久，腳都快麻了。昌浩小心不發出聲音地調整姿勢，嘆了一口氣。

「晴明大人真的很厲害。不過如果請不到晴明大人，也可以請陰陽寮的人來看看吧？」

「只是身體不舒服而已，恐怕……唉！反正必要的時候，右大弁大人自然會想辦法吧！」

兩人組視察四周好一會兒後，轉身消失在大雨中。

等到完全聽不到腳步聲，也確定他們不會再折回來後，昌浩和小怪才從外廊底下爬出來。

「侍從們好像也有察覺到什麼。」小怪說。

昌浩點點頭，慢慢環視周遭一圈。

雨勢絲毫沒有減緩的跡象。

可以感覺到詭異的氛圍，卻看不出哪裡怎麼樣詭異。

「呃……太陰，妳還感覺得到風中的某種東西嗎？」

昌浩盯住某一點，飄浮在半空中的太陰就現身了。

全身纏繞著神氣的她，棕色頭髮騰空飛揚，紫藍色的雙眸露出深思的眼神。

神將在黑暗中也看得見，她正在觀察昌浩看不到的地方。

「好像……從那邊飄過來了。」

沒有星光，無從知道她指的是什麼方位。

「那邊是紫宸殿的方位吧？」

「小怪，你真清楚呢！」
昌浩佩服不已。小怪點點頭，抖抖耳朵說：
「我們剛才降落的地方是淑景舍附近，位於寢宮東側。」
寢宮的宮殿都是獨立坐落，由渡殿相連接。
「那麼這裡是？」
現身的朱雀和躲在朱雀身後的太陰都看著小怪。
小怪舉起前腳，抵在眼睛一帶說：
「呃，剛才的建築物應該是麗景殿和昭陽舍吧？那麼……」
說明一下，淑景舍又稱「桐壺」，昭陽舍又稱「梨壺」，庭院分別栽種著桐樹和梨樹，名稱由此而來。
昌浩聽完後，不由得遙望西方。
皇上目前移居臨時寢宮，皇后和中宮、女御等嬪妃也都跟去了。現在被稱為中宮的人，是在去年冬天搬進了才剛全新完工的飛香舍。
昌浩眼睛眨也不眨地望著雨中的遠處。從這裡絕對看不見的飛香舍因為庭院中有紫藤，所以被稱為「藤壺」。
最後一次見到她，也是在下雨的時候。自己一直背對著她，所以不知道她是什麼表

情，雖然從她刺耳的悲痛聲音中可以猜得到，但自己還是頭也不回地走了。

偶爾，會從其他官員處聽到關於藤壺中宮的事，這時候，昌浩的心就會抽痛一下。

而且隨著時間的流逝，那樣的疼痛似乎愈來愈強烈了。

「昌浩？喂，你怎麼了？」

小怪發現他的樣子不對，問他。昌浩像要甩開一切似的搖搖頭說：

「沒什麼，對不起。」

昌浩微微一笑，表示自己真的沒什麼。小怪看到他的笑容之中閃爍著某種堅強，眨了眨眼睛。

它知道昌浩正望著飛香舍。

那天晚上，它雖然不在現場，但猜也猜得到藤壺中宮對昌浩說了什麼，也猜得到昌浩回答了什麼。

昌浩變得堅強了。不但能處處為他人著想，約束自我，還培養出了不管做任何事都能貫徹自我意志的堅強。

然而小怪知道，那是來自恐懼。

「是那邊嗎？走吧！」

看著跨出步伐的昌浩，小怪沒作聲，臉上浮現沉重的表情。

喂，昌浩。
你現在所擁有的，的確是無與倫比的堅強。
然而你可知道？那同時也是非常脆弱的。

5

我好害怕。

我好害怕。

誰來救救我啊！

＊　＊　＊

正往紫宸殿去的昌浩，聽到有人的聲音，馬上停下來。

「嗯……？」

他疑惑地皺起眉頭，環顧四周，卻看不到半個人影。

「怎麼了？」

小怪看著他，他歪著頭說：「我好像聽到什麼聲音……」

是什麼聲音呢？好像在哪裡聽過。

他在記憶中搜尋，但沒有確切的結果，正板著臉思索時，朱雀忽然現身，抓住了他的肩膀。

「咦？」

他反射性地抬起頭，看到全身警戒的朱雀，再看看太陰，也是一樣。

坐在他肩膀上的小怪面色凝重地說：「是綾綺殿……不，是在更深處……」

三對視線都投向聳立在黑暗中的宮殿，也就是逃過去年火災的綾綺殿。

小怪說是在那裡的更深處。

現在，昌浩他們是背對紫宸殿，面向綾綺殿，而綾綺殿與溫明殿相連。

太陰和朱雀繞到昌浩前方保護他。

「你決定怎麼做？昌浩。」

太陰背對著昌浩問。昌浩猶豫了一下說：「走……」

昌浩的肌膚也開始感覺到有東西往這邊飄過來。

摻雜在風中的某種東西似乎有固定的形狀。

那就是在寢宮上空形成漩渦的東西。

一行人小心謹慎地往前走，在綾綺殿隔壁的溫明殿停了下來。

是在溫明殿裡。

有「非人類」的東西在那裡面。

＊　＊　＊

下著雨。

端坐在黑暗中的女孩張開了眼睛。

「齋小姐？」

在後面待命的益荒欠身向前。

齋舉起手，制止了他。

「這會是誰呢……」

女孩的視線在半空中徘徊，低聲說著。

「您說的是？」

「有人介入了我偵察公主的思惟……不過，應該什麼也沒聽見……」

她低頭思索，用手指按著嘴唇。潤澤烏黑的秀髮披蓋下來，遮住了她的臉，所以益荒看不到她的表情。

年輕人伸出手替女孩梳理頭髮。頭髮被塞到耳後，露出了女孩低頭不語的臉龐。

女孩獨自沉思了好一會兒，終於抬起了頭。

她輕輕舉起手，黑暗中就燃起了兩個小火點。原本熄滅的蠟燭燃起了火焰，燭光搖曳晃動，隱約照亮了四周。

大大的祭壇在火光中浮現，上面有翠綠青蔥的楊桐枝，還有放祭品的木盤子並排在祭壇上。

薄紗從更高處懸掛下來，裡面有個人影動也不動地端坐著。

火焰幢幢搖曳。

女孩看著動也不動的背影說：

「恐懼如怒濤般一湧而上，其實不用那麼害怕。」

「什麼都不知道時，難免會害怕。」

「但是知道所有真相後，恐懼就會消失……再也沒有餘力去害怕了。」

端坐在薄紗後面的身影稍微動了一下。女孩以眼角餘光掃到這樣的動靜，眨了眨眼睛。

「益荒……」

年輕人默默地等著女孩繼續說下去。

女孩像唱歌般，淡淡地接著說：「這場雨……這場下不停的雨……」

女孩舉起雙手，閉上了眼睛。

「恐怕也洗刷不去這個罪孽吧……！」

年輕人滿臉陰鬱，緘默不語。

女孩像個人偶般，臉上毫無表情，注視著端坐在薄紗後面的身影。

益荒垂下了眼睛。

從出生前，她就已經知道，自己的生命是得不到救贖的罪孽。

＊　＊　＊

溫明殿裡有處祭祀神器的地方，稱為「賢所」。

詭異的氛圍就是從那裡飄出來的。

嚴陣以待的小怪低聲問：「要怎麼做？」

昌浩深思地瞇起了眼睛。

連對方是什麼人都不知道，最好不要採取主動攻擊吧？還是靜觀其變，看對方怎麼行動，才是明智之舉。

朱雀把手放在大刀的刀柄上，看著調整呼吸、直盯著溫明殿的昌浩。

「有動靜……要出來了。」

就在大夥兒倒抽一口氣的同時，有人無聲地拉開了溫明殿的木門。

裡面一片漆黑。

從黑暗中走出一個白色身影。

昌浩屏氣凝神。

「是個女人……？」

太陰的低語被雨聲蓋過了。

昌浩從太陰與朱雀之間的縫隙望過去，看到女人獨自站在外廊上。

一頭長長的白髮飛舞擺動著。比頭髮還白的臉毫無表情，動也不動的眼眸直直看穿了昌浩。

除了滿頭白髮外，她身上的穿著也令所有人驚訝。

她穿的並不是宮中侍女的禮服或便服，而是身體曲線畢露的無袖衣服，腰上套著鎧甲。可能是為了行動方便，衣服下襬的開衩直到大腿。

她的額頭上裝飾著水珠子般的玉石，兩隻手腕上都戴著銀色手環。

那裝扮不像是人類。

昌浩覺得很眼熟。

看著並肩站在眼前的兩人的背影，再想想坐在自己肩上的小怪的原貌。

昌浩發現，女人的裝扮跟十二神將一樣。

飄蕩的氣息當然跟人類不一樣。

昌浩驚訝得呆住了，朱雀和太陰正好相反，全神戒備，算計著進攻的時機。

「妳想這傢伙是誰？」

「不知道，不過……想成是敵人應該沒錯。」

聽到兩人緊張的對話，小怪從後面插嘴說：「看她的眼睛就知道了。」

女人不懷好意地盯著昌浩的視線忽然轉移了目標。

神將們這才驚覺，女人看得到他們。

從她身上散發出來的不是妖氣，但也跟靈氣不一樣。

在只聽見雨聲的黑暗中，氣氛瞬間變得劍拔弩張，一觸即發，不知道哪邊會先採取行動。

「——」

注視著神將們和昌浩的女人忽然閃動眼睛，往後退了開來。

太陰和朱雀的肩膀動了一下，在太陰雙手前捲起的漩渦，氣勢逐漸增強。

女人的身影消失在溫明殿中。

太陰立刻飛衝過去，朱雀緊跟在後，小怪也縱身跳躍，昌浩慌忙跟著追上前。

眾神將與昌浩跳上圍繞著溫明殿的外廊，闖入了殿內。

裡面漆黑一片，寂靜無聲。

「跑哪裡去了?!」

追趕的朱雀厲聲大叫，太陰的風吹起了掛在窗戶內側的竹簾。

啪唦啪唦作響的竹簾聲在屋內繚繞迴盪。宮殿裡沒有多餘的東西，所以聲音聽起來更響亮。

以屏風、帷幔做區隔的宮殿，從裡面傳來微弱的慘叫聲。

應該是輪夜班的侍女，聽不出來在慘叫什麼，只覺得似乎有好幾個人動起來，點亮了一盞一盞的燈。

「昌浩。」

小怪轉過身，動了動下巴。一般人看不見神將，但看得見昌浩。

太陰立刻抓住昌浩的手，從敞開的木拉門衝出去。

雨珠忽然迎面襲來，太陰抓著瞇起眼睛的昌浩直接飛上了天。

「太陰，朱雀和小怪呢？」

高度逐漸上升，昌浩焦急地問。太陰停在半空中說：

「放心吧！人類看不見他們兩人。」

她說完，放開昌浩的手，盯著溫明殿的屋頂。

「他們不可能逃不掉的，留下來絕對有他們的理由。」

聽到這句話，昌浩有些驚訝。因為太陰這樣評論朱雀不稀奇，可是如此評論小怪，就太出乎他意料之外了。

太陰察覺到昌浩的眼光，難為情地裝出東張西望的樣子。

「太陰，妳還怕小怪嗎？」

昌浩的語調很平靜，太陰卻反彈般回看他。

連眨好幾下眼睛、嘴巴開開闔闔的太陰猶豫很久後，還是低下了頭。

「對不起，不該問妳這種事。」

昌浩歉疚地垂下頭，太陰看著他，用幾乎聽不見的聲音說：「我還是會怕……」

然後她深深吸口氣，又用力扯開嗓門說：「該怎麼說才好呢？有時候我也會怕青龍，甚至怕六合，看到勾陣作戰的樣子，也覺得有點害怕。」

他們都是鬥將，擁有非比尋常的神氣。太陰不可能比得上他們，那是絕對性的差異。

然而對騰蛇的懼怕，與對其他三名鬥將的情感，有決定性的不同。

「可是騰蛇不一樣……騰蛇很強，真的很強，非常強……因為太強了，所以我怕他。」

「因為太強了，所以怕他？」

昌浩不由得重複這句話。

小怪或紅蓮的強悍對他來說很有安全感，一點都不可怕。

聽到昌浩這麼說，太陰搖了搖頭。

「騰蛇是最強、也是最兇的一個。沒錯……兇將不只騰蛇和勾陣，可是騰蛇特別不一樣吧？而且，現在還比以前好多了。」

還沒成為晴明的式神時，太陰連靠近騰蛇都不敢。

她深深嘆口氣，難過地說：「我也知道這樣下去不行，可是……我就是怕騰蛇的神氣，身體總是會不由自主地緊繃起來。」

酷烈的神氣很嚇人。在出雲地方，不受任何限制釋放出來的龐大力量，把同袍太陰嚇得縮成了一團。

滿臉委屈的太陰顯得無精打采，昌浩摸摸她的頭，困惑地皺起了眉頭。

在昌浩眼中，紅蓮不但親切又值得依賴，雖然也有嚴厲的時候，但昌浩知道那是因為擔心自己，所以從來不覺得紅蓮可怕。

倒是有其他事情讓他打從心底覺得害怕。

譬如：害怕失去；害怕自己可能控制不了自己等等。

他看著自己的手，緊緊抿住嘴巴。

他發現自己有著跟太陰完全不同、但程度差不多的恐懼。

會不會紅蓮、朱雀這些他認識的人，也都有各自的恐懼呢？

昌浩俯瞰煙雨迷濛的京城，瞇起了眼睛。

寢宮的東側有點點燈光的地方，就是皇上和嬪妃們目前所住的臨時寢宮。

再往東，就是他出生、成長的安倍家。

現在已經很晚了，大家一定都很擔心，等著他回家。

「……」

昌浩眨了眨眼睛，對自己的想法感到驚訝。

眼前是垂頭喪氣的太陰，下面是亂烘烘的寢宮，朱雀和小怪都還沒出來。

在這種狀況下，自己卻可以拋開一切，只想著某一個人。

自己似乎跟以前漸漸不一樣了。

這麼察覺的昌浩不由得按住自己的胸口。

忽然，耳邊響起以前聽說過的事。

聽說，紅蓮落入智鋪宗主的陷阱，害昌浩身負重傷垂死時，天一想用移身術救他，卻被朱雀阻止了。

——如果要我在昌浩與天貴之間做選擇，我會選擇天貴！

想到「失去」的可怕，任誰都會決定犧牲他人。

不管事後會多麼苛責自己。

俯瞰著溫明殿的昌浩屏住了呼吸。

有侍女從敞開的木拉門探出頭來，看看四周的情況後，就把門關上了。

門的存在，對神將來說沒什麼意義，只要隱形就可以穿過去。

果然，朱雀隱形著從溫明殿出來了，從神氣就可以知道，由於他沒有完全隱藏神氣，所以昌浩也感覺得到。

小怪是乖乖地打開門出來，再關上門。

可以看出它為了不讓侍女發現而躡手躡腳地行動著，昌浩看了覺得很好笑。

等兩人出來會合後，太陰的風就包住他們，飛上了天空。

「好險、好險。」

小怪一臉受不了的樣子。昌浩抱起它，忍不住笑著說：

「小怪，你可以像朱雀那樣隱形啊！」

朱雀眨了眨眼睛，太陰也是。

小怪也巴答巴答地眨著一雙大眼睛，呆呆地用前腳抓著頭說：

「對哦……說得也是。」

「本來就是。」

「嗯……」

看著半瞇起眼睛沉思的小怪，昌浩覺得很好笑，把它抱到肩上。

「小怪、朱雀，你們這麼晚才出來，是在裡面做什麼？」

遮蔽雨水的風罩慢慢往寢宮上空移動。

太陰還是躲在朱雀身後，不敢面對小怪。

朱雀就那樣讓她躲著，回答昌浩說：

「我看到侍女們驚慌地往裡面跑，就和騰蛇一起跟著進去了。」

「往賢所裡面？」

「對。」

小怪點點頭，舉手說：「那地方平常都鎖著。我們翻遍了所有角落，看那個女人有沒有藏在那裡，結果……」

「沒找到？」昌浩問。

朱雀和小怪都點了點頭。

那麼顯眼的裝扮，不管夜有多黑，小怪和朱雀都不可能看不到。神將的眼睛跟人類不一樣，在黑夜裡也能看得一清二楚。

溫明殿裡有不少地方可以躲藏，譬如隔間帷幔後方、書庫，還有收藏神器的賢所。

「我們不敢隨便進入賢所，只從外面察看了一下，也沒發現那個白髮女人的氣息。」

朱雀說完後，小怪若有所思地接著說：「而且如果她是異形，進入那裡絕不可能平安無事，所以也不可能隱藏氣息潛伏在裡面。」

昌浩邊聽邊點頭，這時眨眨眼睛插嘴說：「等等，小怪。」

「嗯？」

「為什麼進入那裡絕不可能平安無事？」

太陰從朱雀背後探出了頭，小怪稍微瞄到一眼，但假裝沒看見，繼續對昌浩說：

「喂、喂，你知道溫明殿裡有什麼嗎？」

「呃……」

寢宮、溫明殿、賢所。

昌浩揉著太陽穴，一本正經地從記憶中搜尋。

「唔……啊！」他猛然張大眼睛說：「是神器，三種神器之一。」

沒記錯的話，應該是供奉著八咫鏡。

聽到這個答案，小怪眨眨一隻眼睛說：「答對了一半。」

「一半？」

「對。」

小怪甩甩耳朵，往寢宮望去。消逝在雨中與黑暗中的寢宮已經離他們很遠了，遠到看不清楚哪裡是溫明殿。

「據說真正的八咫鏡是放在伊勢神宮。溫明殿裡的鏡子是大小、形狀都一樣的仿製品。」

昌浩瞪大了眼睛說：「原來是這樣啊！」

在陰陽道方面，昌浩研究得非常透徹，但是其他方面的知識就稍嫌不足了。對於不會跟自己扯上關係的事物，他向來都不太注意，所以既然認定自己這輩子跟皇室相關的所有事情都扯不上關係，他就把那些事統統都拋在腦後，只知道一點皮毛。

不過，對於與自己相關的貴船祭神和道反大神，他一有時間就會翻閱古書《記紀》，集中閱讀那些部分。

只要有提到高龗神或道反大神的地方，現在他都背得出來了。

看著這樣的昌浩，小怪曾感嘆地說，他只對有興趣的東西記得特別清楚。有沒有興趣，會讓昌浩的集中力產生極大的差別。如果他可以在沒興趣的曆表製作與觀星上多投注一點熱情，應該會有大不相同的收穫。不過，這是當事人的性向與意願的問題，所以小怪說什麼都沒用。

「仿製品也是神鏡，所以還是算神器。」

可是三種神器之一的八咫鏡，的確不是供奉在那裡的神鏡。

「溫明殿的賢所內有神殿，神鏡就供奉在那裡，不過我也沒見過，說不定細部有什麼差別。」

「這樣啊！」

為了確認，小怪又看看朱雀和太陰，兩人都點頭表示肯定。

「不管再怎麼說，那裡都是供奉天照大御神的神體之處，未經允許，當然不能隨便進去。」

「我們雖是神將，卻是居眾神之末的存在，完全不能跟天照神或高龗神那種天津神相提並論，所以要嚴守禮儀。」

「哦，這樣啊……」昌浩說。

聽見朱雀和太陰有感而發，小怪也同意地附和：

「有很多天津神真的很難搞，像那邊那個就是最好的例子。」

它直直指向了京城北方，也就是消失在黑暗中的靈峰。

昌浩慌忙壓低聲音說：

「小怪，這樣不好吧！被聽見就慘了。」

「這種程度還好啦！神不至於那麼沒度量。」

枉費小怪說得那麼有自信，卻被朱雀嚴肅地反駁：

「不是度量的問題，而是心情的問題。神不高興的時候，後果不堪設想。」

小怪沉下臉來，露出苦到不能再苦的苦瓜臉說：

「朱雀，你不要危言聳聽嘛！」

「我只是指出可能性而已，不能說完全沒有那種機率吧？」

「也對……」小怪搔搔頭，對著北方嘀嘀咕咕地說：「是我失言了，祢就當作沒聽到吧！」

聽著火將們的對話，太陰的表情稍微放鬆了一些。

看到她的表情，昌浩十分驚訝。

他隱約知道小怪和朱雀為什麼說那些話了。

小怪從昌浩的表情就知道被看穿了，它輕輕地聳聳肩，裝出若無其事的樣子。朱雀看到它那樣子，瞇起眼睛偷偷笑了笑。

「快到了。」

太陰指的地方是安倍家的屋頂，上面站著玄武和白虎。

看到高舉著手的白虎，太陰顯然鬆了一口氣，垂下了緊繃的肩膀。

彰子跑出來迎接昌浩，小怪叫她早點睡覺。

「我也會叫昌浩早點睡……妳怎麼了？」

小怪覺得彰子的臉色有點陰暗，擔心地問。

彰子驚訝地搖搖頭說：「沒、沒什麼……那麼，晚安了，小怪。」

「嗯，好好睡哦！」

目送彰子回自己房間後，小怪也轉身離去。

在點燃燈台的房間裡，昌浩已經換掉了濕衣服，正在用毛巾擦乾頭髮。

「啊，地板都濕了，等一下要擦乾哦！昌浩。」

「嗯。」

昌浩擦乾了頭髮後，把濕衣服和帷幔屏風的架子拿到外廊上，找個不會淋到雨的地方擺好架子，再把衣服儘可能地扭乾，披在架子上。

丁字形的架子本來是用來披上帷幔當成屏風的，但是下雨時，也很適合用來當衣架。

「如果找白虎來吹走水氣，就乾得更快了。」

昌浩只是隨口說說，沒有特別的意思，小怪卻當真了。

「可以啊！我去叫他來，等一下。」

「什麼?!」

昌浩嚇得趕緊抓住小怪的尾巴攔住了它。

「幹嘛？很痛耶！昌浩，還不放開！」

昌浩把皺起眉頭的小怪慢慢拖回來，抱起它，看著它的夕陽色眼睛說：

「我是開玩笑的，怎麼可以麻煩白虎做這種事。」

「沒關係啊！以前晴明也常常這樣做。」

跟若菜結婚前，因為家裡沒有女人，所有家事都要晴明自己做，所以晴明把全部的家事都交給了「式」。

自從收神將們為式神後，晴明也毫不客氣地借用他們的能力。幾乎可以說是有了他們，晴明才能過正常的生活。

難道十二神將們都無所謂嗎？

昌浩不由得在內心這麼嘀咕，然而，小怪可是一點都不在乎。

晴明的信條就是「物盡其用」，可用卻不用，就是浪費。只要使用得對自己有利，就不要管別人怎麼想。

聽說在這方面，晴明當時的唯一好友榎岦齋非常不能認同。遺憾的是，小怪那時候很少來人界，所以並不清楚當時的事。

小怪只有在異界時，偶爾聽勾陣、天空或朱雀提起那些事，但是，光聽那些就覺得很過分了，晴明真的很會使喚神將。

他稱神將為朋友，尊重他們的人格，卻把使喚他們當成另一碼事，兩碼事劃分得很清楚。

剛開始，青龍很氣晴明這麼做，就算被叫到名字也不從異界出來。晴明知道後，也盡量不去騷擾他。

可是有一天，晴明不知道是豁出去了還是怎麼樣，臉皮變得很厚，不管青龍怎麼強烈抗議，他都不回應。

這樣過了幾年後，青龍也折服了，不，應該說是死心了。

結果，晴明的死纏爛打獲勝。

昌浩用毛巾把地板擦乾，再把擰乾的毛巾披在架子上。

走進房間，拉上木門時，小怪指著窗戶對他說：「現在還開著窗，會有點冷吧？」

昌浩看著窗外回答：「是有點冷，可是關起來的話又不通風……」

因為下雨的關係，從外面吹進來的風變得又濕又重，可是把窗戶關死的話，空氣就會混濁。一旦風不流動，心情也會跟著沉重起來，所以昌浩會盡量把窗戶打開，讓外面的空氣進來。

很久沒放晴了，所以也很久沒吹過乾爽的風了。

昌浩從堆在牆邊的書山裡抽出幾本書，放在矮桌上，然後往墊子上一坐，打開了書的封面，對默默看著他的小怪說：「我只看一下，很快就睡了。」

對他這樣的辯解，小怪只短短回了一句：「是嗎？」就在離他稍遠的地方縮成一團，將下巴放在交叉著的前腳上，閉上了眼睛。

昌浩嘆口氣，把燈台拉近桌子。溫暖的橙色火光照亮了書頁，把墨水記載的文字照得清清楚楚。

「呃，八咫鏡、八咫鏡……」

他邊翻著書頁，邊回想剛才的事。

供奉神器八咫鏡的溫明殿，出現了一個白髮女人，年紀約二十多歲。可能是因為穿著跟十二神將很像，所以看起來跟勾陣、天后差不多歲數。

溫明殿的神殿所供奉的神體，是做得跟八咫鏡一模一樣的神鏡。

遠在神治時代，天照大御神因為對弟弟素戔嗚尊的行為感到生氣，躲進天岩戶洞窟時，就是被這面八咫鏡誘出來的⑥。

昌浩翻書翻了好一會兒，突然覺得雨聲變強了，猛地抬起頭。

拉起窗戶，可以看見落在屋外的雨滴。眼睛已經適應燈台光線，所以可以馬上看清楚外面，應該是因為暗視術還沒有失效吧！

「啊，我根本不需要點燈嘛！」

昌浩現在才想到，不禁苦笑起來。

「……」

蜷縮成一團的小怪背部規律地上下起伏著。昌浩覺得，最近好像比較多時間看著這樣睡著的小怪。

平常他總是累到先睡著，只有白天在陰陽寮時才會看到小怪睡覺的樣子。

雨聲在耳邊繚繞著。

聽著淅瀝淅瀝的雨聲，其實有點感傷。

為什麼讓人痛徹心扉的事，總是發生在下雨的時候呢？

應該不只是在下雨的時候，然而大多的事件，雨的記憶都特別鮮明。

「我好像愈來愈討厭雨了……」

好幾個情景在腦中浮現又消逝。

昌浩閉上了眼睛。

——我還是會怕……

太陰的低喃在耳邊響起。這個總是活潑開朗的女孩，在小怪面前，就會像變了一個人似的畏縮退卻。

昌浩可以了解她的心情。

令人害怕的事太多了。

小時候，他怕貴船的黑暗。

突然失去靈視能力時，他怕被別人知道。

第一次被派去收服妖怪時，可能會死的恐懼感讓他全身緊繃。

還有其他很多很多令人害怕的事。

恐懼總是隨時盤據心中。

然而……

昌浩張開眼睛，悄悄地站起來，再悄悄地拉開木門，溜到外廊上。

稍微轉頭往後一看，小怪動也沒動一下。

他注視著滴落在黑暗中的雨珠。
比之前都令人恐懼的事，在他心中滋生了。
這樣的恐懼，絆住了他向來憑感情、憑直覺行動的腳步。
雨不停地下著。
閃過的雷光、傾盆大雨、在他眼前倒下的軀體……歷歷浮現腦海。
朱雀說「會選擇天貴，放棄昌浩」這句話，昌浩當時沒有聽見，卻可以像親耳聽過般回想起來。
可能是因為在他心底，懷抱著跟朱雀一樣的恐懼吧！
害怕的事、抹不去的恐懼，在心中多到不可勝數。
「我要變得更堅強才行……」
幾乎在雨中消失的喃喃自語，動也沒動一下的小怪都默默聽進去了。
彰子回到了自己房裡，拉開木門，望著昌浩的房間。
只有爬上屋頂的朱雀看到她默默凝視的身影。
「彰子……？」
朱雀疑惑地皺起眉頭，但沒有出聲叫她。

因為她應該不想讓任何人看到她鬱鬱寡歡的雙眼吧？

在低著頭的彰子悄悄地拉上木門之前，朱雀就算再怎麼關心，都只是默默地注視著她。

小怪的陰陽講座

⑥天照大御神是太陽神，祂躲進天岩戶洞窟後，大地一片黑暗，成為後世製鏡遠祖的石凝姥命就製作了這面鏡子，引發天照大御神的興趣，把祂從洞窟裡誘出來，大地才恢復光亮。

6

第二天早上還是下著雨。

「小心不要感冒了。」

昌浩轉身面向送他到門口的彰子，瞇起眼睛說：

「我不會有事，倒是妳，彰子……」

「我？」

彰子微微歪著頭，昌浩豎起指頭交代她說：「這種天氣不能去市場哦！知道嗎？」

彰子沒想到昌浩會這麼說，因而瞪大了眼睛，但昌浩說得非常嚴肅。

「不但路不好走，衣服也會淋濕，天氣又冷，萬一受寒……」

看著一句接一句的昌浩，彰子不由得噗哧笑出聲來。

「昌浩，你真會操心呢！」

昌浩欲言又止地看著咯咯笑的彰子，可能是不知道該怎麼表達，只是在嘴巴裡喃喃地唸著什麼。

小怪看著兩人的互動，半瞇起眼睛，把長長的尾巴一甩說：

「差不多該走了吧？昌浩，你去陰陽寮的路也一樣不好走啊！」

被小怪斜眼一瞪，昌浩急忙轉身說：「沒錯，我走了。」

小怪騰躍而上，攀坐在快步走出門的昌浩肩上。

「昌浩、小怪，小心走哦！」

昌浩稍微轉過頭，揮揮手回應背後的彰子，彰子也笑咪咪地揮揮手。

緊抓著他肩膀的小怪看到兩人那樣子，感嘆地吐了口氣。

「到底怎麼了……？」

「咦？小怪，你說什麼？」

光披著蓑衣也擋不住雨勢，所以最近昌浩在烏紗帽上也塗了防水的油。

身分地位崇高的貴族是由隨從帶傘出門，而替主人撐傘的則是貼身侍衛。昌浩的身分還不配擁有這種規格的待遇。

走向皇宮的一路上，他與不少貴族的牛車、撐傘的隨從擦身而過。

「這種時候就會很想往上爬。」昌浩有感而發。

「就是啊，好好加油吧！」小怪感慨地點著頭。

其實若請車之輔載，就不會淋濕了，可是妖車停在皇宮外面，一定會引起很大的騷動。

啊！不過一想到關於安倍晴明的種種傳說，大家就算看到他的孫子跟妖魔鬼怪一起出現，應該也不會有異議吧？

昌浩差點就輸給誘惑，但很快把自己拉回了現實。

因為他看到一個跟他一樣快步走在雨中的人。

一看到那個人，小怪全身的毛就像貓一樣豎立起來。

昌浩若無其事地抓住無聲地擺出威嚇姿態的小怪的尾巴，跑向對方，行個禮說：

「早安，敏次。」

「啊！早，昌浩，雨下個不停，真讓人心煩氣躁。」

「就是啊！」

昌浩打從心底贊同，小怪不知道嘰嘰咕咕在唸著什麼，他都假裝沒聽到。

「真希望雨勢可以稍微減弱一點，鴨川的河堤就快撐不住了。」敏次嘆息著垂下肩膀，抬頭仰望天空說：「真是的，太陽為什麼不出來呢？」

說話的本人只是自言自語，聽在昌浩耳裡卻感到十分沉重。

他也跟著抬頭仰望天空，舉起手來遮雨。

為什麼太陽不出來呢？厚厚的雲層連半點縫隙都看不到。

太陽為什麼一直避不見面呢？

吃完早餐後，晴明在自己房間裡，面對著水鏡。

那是玄武做的水鏡。

出現在鏡面上的道反女巫，住在遙遠西方出雲國的道反聖域。

玄武端坐在晴明斜後方，面無表情地沉思著。

通話到現在大約三十分鐘了，雙方談的都是彼此的狀況。

什麼時候才要切入主題呢？

還有三名同袍留在道反聖域，雖然透過鏡子說過話，但次數也不多。

其中，只出現過一次的寡言同袍看起來十分疲憊，讓人有點擔心。

應該是常被道反的守護妖們刁難，這是逃不開的宿命，真是難為他了。

這位同袍雖然沉默寡言，沒什麼表情，待人處世卻十分細心，即使在他心情不好的時候靠近他，也不必擔心會觸怒他，大家都很喜歡這樣的他。

玄武常想，希望太陰可以向他學習這一點。但是，玄武從來都沒有跟太陰說過，決定在必要時，再請白虎告訴她。

「那就這樣了。」

玄武眨眨眼睛，看著主人的背影。

鏡面上的道反女巫露出充滿魅力的微笑，低頭行禮，接著身影就跟著波紋一起消失了。完成任務的鏡子綻放出光芒，逐漸縮小，在道反，應該也是同樣的情景。

只有在需要的時候，這面鏡子才會啟動，是靠意志操縱的，唯有水將允許的人才能操縱，這次是粗略地限定「住在道反的人」。

小怪常來啟動鏡子，與勾陣兩人報告彼此的現況，不過原來的目的，是留給道反女巫和晴明使用。朱雀和昌浩、彰子也曾透過鏡子跟天一交談，但最常見的光景還是小怪與勾陣之間的抬槓。

有段時間，玄武暗自煩惱著。

這樣到底好不好呢？會不會做錯了什麼？

後來發現大家都很感謝他留下了水鏡，就不再想那麼多了。

只要大家認為好就好，這就是玄武最後下的結論。

能夠見到面就覺得安心，現在的玄武也多少可以理解這樣的心情了。

「結束了。」

水鏡消失，晴明使把勁站起來。

他彎下腰，正要搬起放在角落的六壬式盤時，玄武趕緊站起來說：

「等等，晴明，我來拿。」

「哦，是嗎？那就拜託你了。」

吃力地抱起式盤的老人乖乖放下了式盤。個子嬌小的神將毫不費力地拿起式盤，照老人的指示，搬到矮桌旁。

十二神將個個都是大力士，如果只看玄武的外表，很容易被他的力氣嚇到。

想起將近六十年前的那段時光，晴明不禁咯咯竊笑起來。

「晴明，你笑什麼？」

玄武疑惑地問，晴明回說沒什麼，坐在蒲團上。

「白虎。」

被叫到名字的風將轉眼間就現身了。

「什麼事？晴明。」

晴明把幾本書放到桌上，沉著地說：

「不好意思，麻煩你跑一趟道反，勾陣應該靜養得差不多了。」

白虎眨眨眼睛，立刻奉命行事。

白虎全身纏繞著風，消失在西方天際。

目送他離去的朱雀，盤腿坐在環繞著晴明房間的外廊上。

神將們回來時，會先在晴明面前降落，所以只要待在這裡，就可以比誰都先迎接他們。他其實很想跟白虎一起去，但理性告訴他，不可以離開安倍家。

他知道有青龍和天后在，不必擔心，但是目前另三名鬥將都不在，還是要小心防範才好。

快的話，傍晚就到了。不過，白虎的風沒有太陰那麼快，所以很可能過傍晚才會抵達。

玄武從木拉門的縫隙中瞥見朱雀盤坐不動的背影。

「還真的動也不動呢！」

「他好不容易才盼到這天，就讓他等吧！」

邊翻書邊看式盤的晴明嘆息地說。

「我才不敢打攪他呢！否則恐怕會被他踹飛。」

玄武說得認真，一點都不誇張。晴明覺得很好笑，臉上浮現了笑容。

矮桌上放著昨天傍晚送來的一封信，那是左大臣藤原道長寫給晴明的信，命令他占卜雨什麼時候會停，好稟報皇上。

不用道長下令，厭倦了這場雨的晴明早已憑雲的流向，做過了大概的預測。

不過，既然左大臣下了指示，就不能這麼草率行事了。

「這應該是吉昌的職責，怎麼會找我呢？」

天文博士吉昌應該也接到了陰陽寮長的命令。目前，在陰陽寮的天文部裡，所有官員可能都正在徹底調查到去年為止的紀錄，核對風和雲的流向，以及最近的雨量。科學方面的事，是陰陽寮官員的工作。晴明接到的命令是透過式盤占卜，預測雨什麼時候會停。

占卜進行了一會兒後，晴明的臉色愈來愈難看，話也愈來愈少。

端坐在屋內角落待命的玄武看到主人眉頭深鎖，忍不住開口問：

「晴明，怎麼了？結果不太樂觀嗎？」

晴明默默點點頭，回應嬌小的神將。

玄武大驚，眨了眨眼睛。

「總不會連雨停的徵兆都看不出來吧？」

他會這麼說，是認為不可能發生那樣的事，沒想到真的被他說中了。晴明神情嚴肅地點點頭，指示他打開窗戶。

玄武敏捷地站起來，挺直背試著打開窗戶，但比他想像中困難。

重量不是問題，無奈的是個子長得不夠高。

「唔……」

他正面有難色地執行任務時，朱雀聽到聲音，就用屋簷下懸掛的鉤子替他把窗戶固定住了。他向朱雀道謝，朱雀只舉手回應他，又坐下來，遙望著西方天際。
玄武回到晴明身旁時，看到主人的臉色更難看了，不禁皺起眉頭。
晴明直盯著厚雲低垂的天空。
視線彷彿就要射穿雲層。
這樣的姿態不知道維持了多久。
有客人來訪的動靜。
玄武轉過頭，把注意力轉移到大門處。
沒多久，露樹拿著信進來了。
是左大臣藤原道長派人送來的信。
「昨天才來，今天又來，到底什麼事……」
晴明訝異地打開信，看完後，微微張大眼睛，屏住了氣息。
「怎麼會這樣……？」
「晴明？」
觀察著晴明表情的玄武眨了眨眼睛。晴明放下信，仰望著屋頂說：
「唉！下午我要出門一趟。」

「去哪裡？雨下得這麼大，是誰要你……」

氣不過的玄武勃然色變地質問，晴明舉起手制止他說：

「沒辦法，是無法拒絕的人。」

「道長嗎？」

「不是，你自己看。」

玄武看了一眼晴明遞給他的信，不禁目瞪口呆。

寫信的人是道長，但召見晴明的是當今皇上。

「既然是聖旨，就不能拒絕。」

天氣這麼糟，真的很懶得出門。

晴明把手肘抵在桌上，深深地嘆了一口氣。

午後，晴明簡單地吃過午餐，正準備出門時，彰子從旁邊經過。

「咦？晴明大人，您要出門嗎？」

彰子目不轉睛地看著很少穿直衣的晴明。

「好看嗎？」

晴明攤開雙手，笑得像個好爺爺。彰子眉開眼笑地說：

「很好看……雨下這麼大，您要去哪裡呢？」

滿臉無奈的晴明誇張地仰天長嘆說：

「我接到緊急詔令，下詔的是皇上，所以不管下雨或下矛，我都得進宮。」

召見晴明的人是這個國家地位最高、最尊貴的人。儘管晴明是開玩笑地說，還是聽得出有一半是真心話。

彰子擔心地說：「可是雨下得這麼大，昌浩也說路不好走呢！晴明大人。」

「啊！不用擔心，很快就會有牛車來接我。」

忽然吹過一陣風，不是一般的風，而是帶著神氣的風。

晴明眨眨一隻眼睛說：「看吧！來了。彰子，妳快進去裡面。」

皇上派來迎接他的使者應該是位高權重的官員，很可能見過彰子。

先是敲門聲，接著是通報聲。

「安倍晴明大人，我來接你了，請開門……哇?!」

彰子聽到驚叫聲，瞪大了眼睛。

「咦……？」

「我叫太陰去開門……那傢伙大概是隱形了，一般人看不見她。」

晴明絲毫不以為意，老神在在地說。彰子苦笑著向他鞠躬行禮。

「那麼我告辭了，晴明大人，您一路小心。」

「知道了。」

彰子拉起衣襬啪噠啪噠地跑走，身影逐漸消失。

幾乎就在她身影消失的同時，一位盛裝打扮的官員進來了。

看到他，晴明驚訝地張大了眼睛。

「是你啊！行成大人。」

在隨從撐著的傘下，穿著官服的行成開朗地笑著。

「好久不見了，晴明大人。」

沒錯，右大弁兼藏人頭藤原行成在這種非正式場合，也是欽差的最佳人選。

晴明挺直了背，進入行成的傘下，走向牛車。

沒有停止徵兆的雨，皇上的召見。

兩者都令人忐忑不安。

上了牛車後，牛開始往前走。

兩人不約而同地嘆了口氣，接著晴明開口說：「行成大人，這次的召見是……」

因為判斷繞圈子說話沒什麼意義，所以晴明單刀直入。

行成有點驚訝地張大了眼睛，但很快點點頭說：

「老實說，除了雨停的占卜之外，又發生了一件大事。」

「你說什麼？」

晴明訝異地皺起了眉頭，跟他說話的行成盡量壓低了嗓門。其實，車子正在行進中，外面又下著大雨，只要不提高音量，應該都不會被聽見，但行成還是非常謹慎。

「行成大人，是什麼事……」

「問我的話，還不如直接問大臣或神祇官⑦。」

「神祇官？」

晴明重複這個名詞，行成點點頭說：「是的，神祇官大中臣正在臨時寢宮等著。」

晴明更訝異了。

陰陽道的陰陽師與神祇官大中臣是勢不兩立的關係。這次雖然是非公開，但還是很難相信皇上會同時召見他們。

看樣子，行成是不打算再多說什麼了。不，應該說行成恐怕也不清楚詳細情況。

晴明不再問他，開始思考今天早上跟小怪說的話。

昌浩在吃早餐時，小怪來找晴明，簡單扼要地報告了昨晚的事。

聽說貴船祭神的表現不太對勁，讓晴明有點擔心。不會跟下個不停的雨有關係吧？

還有，一個來歷不明的白髮女人出現在溫明殿。

——我們馬上追進宮殿裡，可是女人突然消失了。

她就在小怪、朱雀、太陰和昌浩四人的眼前，像煙霧一樣消失了。

昌浩和太陰先溜出去後，小怪和朱雀不怕被一般人看見，繼續留下來搜尋女人的蹤影。除了神殿之外，所有宮殿都搜過了，還是遍尋不著，於是兩人就放棄出來了。

女人散發出來的氣息既不是妖氣，也不是靈氣，而且十分強烈。

當時與小怪並肩而站的朱雀深思著說：簡直就像我們隱形那樣消失了。

聽說部分的穿著打扮也很像神將。

晴明深深嘆口氣，對摸不著頭緒的事一件件發生而感到憂慮。

「晴明大人……」

聽到叫喚聲，晴明頓時回過神來，一抬起頭就看到行成擔心地望著自己。

「晴明大人聽到了大中臣的名字，心裡難免會有點抗拒吧？真對不起，如果我能現在告訴你情況就好了……」

晴明慌忙搖著手，對眼神消沉的行成說：「不，不是的，行成大人，昨天我接到大臣的來信，要我占卜雨停的徵兆，我正在想該怎麼告訴他占卜的結果……」

聽到晴明這麼說，行成張大眼睛說：「你的意思是……」

晴明沉默地垂下了肩膀，行成從他的動作看出他想表示什麼，深深嘆了口氣。

既然如此，必須增加維修河堤的人員才行。

鴨川的河堤如果徹底潰決，會淹沒京城的所有大路和小路。兩年前曾經潰堤過，就是由行成擔任治河司令。

一想起當時的慘狀，行成的心情就很沉重，由衷希望不會再發生那樣的災難。

忽然，牛車劇烈晃動。由於長期下雨，路上都是泥濘，變得坑坑巴巴的。

坐在車上也可以清楚感覺到，牧童和隨從們正努力不讓輪子卡在泥濘裡。

這時候，如果乘坐成為昌浩的「式」的妖車，跑起來會不會比較順呢？

暗自這麼想的晴明不知道妖車也會卡死在泥濘裡，還要麻煩紅蓮把它推出來。

牛車在雨聲與車輪聲中，好不容易才到達目的地。

在停車處停穩後，行成和晴明一下牛車就有人替他們撐傘。這些撐傘的隨從們自己都淋成了落湯雞。

很可憐，但這就是他們的工作。晴明小聲唸起咒文，是預防感冒的咒文，祈求被雨淋得全身發冷的隨從們不會淋壞身體。

跟著行成走上階梯後，就有帶路的侍女等在那裡。

被風斜斜吹落的雨淋濕了大半的外廊，侍女的衣服下襬吸收水分，有點變了色。行成和晴明盡量走在靠廂房的乾燥處，小心地前進。

等一下要晉見皇上，總不能讓皇上看到他們衣衫不整的樣子。

兩人到臨時寢宮的寢殿時，再由站在木拉門前的侍女帶他們進入寢殿。

懸掛著竹簾的主屋內，坐著一個年輕人。隔著竹簾，比主屋矮一階的廂房裡，有熟識的左大臣和一位陌生的中年貴族坐在蒲團上。

另外還備有兩個空蒲團，一個放在廂房正中央，一個放在廂房與外廊交接處的窗戶附近。

左大臣藤原道長的位子最靠近主屋，中年男人的位子比較靠近放在窗戶附近的那個空蒲團。

「晴明，我們正在等你呢！行成，辛苦你了。」

「您也辛苦了！」

向道長行禮致敬後，不用任何人指示，行成就在廂房正中央的蒲團坐了下來，晴明也默默地在窗戶附近坐下來。

老人雙手著地行禮。

「安倍晴明拜見皇上。」

從竹簾後面傳來年輕但沉著的聲音：「好久不見了，晴明，很高興見到你。」

晴明深深低下了頭，因為未經允許與皇上直接交談是不勝惶恐的事。

座位最靠近皇上的是左大臣，按規矩，這種時候晴明說的所有話，都應該透過道長轉奏給皇上。

畢竟以晴明的身分，還沒有資格上天皇所居的清涼殿。如果隨便開口對皇上說話，那些囉唆的公卿大人們一定會藉故找他麻煩。

但是，這裡是非正式場合。

「皇上龍體安康……」

老人照規矩說一堆場面話，端坐在竹簾後的年輕人啪唏敲響手中的檜木扇子，苦笑著說：「那種拘泥形式的話就不用說了，這場雨下得朕都快發霉了。」

從聲音可以聽得出來，他真的很不耐煩了，晴明緩緩抬起頭。

「在早朝上是不得已，如果連在這種場合都要聽那種話，心情會更灰暗。」

年輕皇上的話讓晴明眉開眼笑。以年紀來說，皇上就像晴明的孫子。不管他的地位多高，想到自己的孫子們，晴明就覺得這樣的話很適合他的年紀。

而且老實說，不管對方是皇上、關白大人或攝政大人，晴明都只是表面敷衍，內心想的是「那又怎麼樣」。重要的不是身分地位，而是人性。

那種只會炫耀自己身分地位的貴族，是晴明覺得最棘手的人。

「皇上，這種話最好只在這裡說。」

晴明一本正經地說，皇上頻頻點頭。
「朕知道……好了，左大臣，開始吧！」
交談一會兒後，皇上大概是滿足了，就靠在憑几上催促著左大臣。
道長向皇上行禮後，轉向晴明說：
「晴明，這位是服侍神祇大副的大中臣。」
比道長年長約十歲的中年男人默默向晴明點頭致意。
晴明也點頭回應。神祇大副的官位是「從五位下」，那麼這個服侍神祇大副的男人，身分應該在「從五位下」之下，地位可能與晴明一樣，或是更低。
難怪他坐在跟晴明差不多的位置。以他的身分，也上不了清涼殿，只能在這種非正式的場合晉見皇上。
《人類真的有很多拘泥於形式的事呢！》
隱形跟在晴明身旁的玄武有點難以置信地嘀咕著。不怎麼有霸氣的高八度聲音也表示同意。
《就是啊。儘管被稱為皇上，年紀也比成親、昌親還小吧？血統有那麼重要嗎？》
《就是嘛！》
這時候，帶著苦笑的聲音介入了兩人的談話。

《你們說得沒錯，可是皇家的血脈畢竟是天照大神的後裔，會這麼尊貴，自然有他的道理。》

晴明眨了眨眼睛，心想真難得，居然有三個保鏢跟著自己。

平常頂多一個，最多兩個。沒想到等著白虎他們回來的朱雀，這次也會跟著來。

朱雀從晴明表情的些微變化看出了他在想什麼，似乎很想告訴他「這沒什麼好驚訝的」。

《我來是因為放棄任務會被天貴罵。對我來說，天貴是最重要的人，但是，天貴最在乎的是你的安危，既然如此，我該做的事就只有一件。》

這等於是被跟隨著自己的式神斷然宣示「你是第二位」，但是晴明早就有這樣的心理準備了，所以沒有特別受到傷害，只表現出「哦，原來如此」的樣子。

朱雀的話雖然出人意表，倒也沒什麼惡意。

《我覺得那樣不太對吧？朱雀。》

《就是嘛！我贊成玄武的說法。》

雖然看不見，但是光聽聲音，就知道個子嬌小的神將們是什麼表情。

晴明差點笑出來，趕快乾咳幾聲掩飾。除了晴明外，沒有人聽得見這些對話。

「大臣，不是有十萬火急的事嗎？到底是……」

晴明切入了主題，道長與大中臣相互點點頭後，由大中臣開口說：

「我是神祇大副大中臣永賴大人的部下，官任神祇少佑，名叫大中臣春清。」

春清平常都跟神祇大副一起待在神宮裡，輔佐永賴大人。

在神祇官中，就某方面來說，神祇大副是非常特別的存在。

坐落於伊勢的神宮就是由神祇大副兼任祭主。

根據晴明的記憶，神宮的祭主應該又稱為主神司。

晴明沒有見過大中臣永賴，但是記得他的名字。

再怎麼說，他都是祭祀天照大御神的神宮祭主。

晴明也去伊勢參拜過好幾次。

《神宮啊，很懷念呢！晴明。》

是朱雀帶著笑意的聲音，晴明不能點頭，只動了動眼簾。

很久以前，晴明曾經與若菜一起去過伊勢，那時候兩人剛結為夫妻。

當時的女性都足不出戶，幾乎沒有離開過京城。這些女性們出遠門的機會，就是去伊勢或熊野參拜。

參拜神宮時，若菜眼睛閃閃發亮地說，等「式年遷宮」⑧時要再來，但是她的願望沒有實現。

不過，可以跟她一起旅行，晴明就覺得很幸福了。在他們共同度過的那段不算長的歲月中，這段往事比任何金銀珠寶都閃亮、清晰地埋藏在他心靈深處。

是的，那裡面也埋藏著很久以前失去的男性朋友。

有個畫面像夢一般閃過晴明的腦海。

那是絕對不讓孩子們和孫子們看到的記憶，僅屬於晴明。

他眨眨眼睛，深深吸了一口氣。現在不是緬懷過去的時候，他把那些浮現的記憶再次埋入心底深處，轉換心情。

小怪的陰陽講座

⑦神祇官即負責祭祀天地神明的官員。

⑧神宮每到一定年限就會重建，把舊神殿的神明移到新神殿，這時所舉行的儀式就稱為「式年遷宮」。

7

「神祇少佑大人為什麼會在這裡？」

既然如他本人所說，他的任務是輔佐大副，就應該待在齋宮寮⑨。

春清沉默地垂下視線。「下個月，神宮要舉辦遷宮儀式。」

聽到春清的話，晴明皺起了眉頭。

沒錯，今年又到式年遷宮的時候了。那麼，伊勢的齋宮寮現在應該很忙。

「恕我直言……在這麼重要的時刻，少佑大人怎麼可以離開伊勢呢？」

晴明問得很有道理。道長和行成可能早就預料到晴明會有此疑問，默默地以眼神催促春清說下去。

「承蒙皇上親自召見賜言，此事可以請求晴明大人的協助。」

「皇上賜言……？」

晴明往竹簾望去，看到竹簾後的身影點了點頭。由於連日來陰雨綿綿，所以即使是白天，寢殿內也十分昏暗，幾乎有點燈的必要。隔著竹簾的龍體，從剛才就只看得到黑影。

面對晴明疑惑的視線，春清表情僵硬地接著說：

「是這樣的，永賴大人身患重症，看情形很可能需辭去祭主一職。」

「什麼……?!」

老人驚訝得說不出話來，春清在膝上緊握雙拳，垂下了頭。

「所有官員都希望他能康復，連日向天照坐皇大御神祈禱，但毫無成效，永賴大人的身體一天比一天虛弱……」

忽然，他稍作停頓，抿抿嘴巴。

「齋王也很擔心大副，每天都在齋宮寮向皇大御神祈禱。」

當代齋王是現今皇上的堂妹恭子公主。

經由龜卜被選為齋王時，恭子公主年僅三歲。

據春清說，現年十七歲的齋王，身體從一個月前就不太好，常常躺在床上。

「不只大副，連齋王都……卜部⑩詢問過皇大御神的旨意，神都沒有回答。」

齋宮寮的官員們都束手無策，不知道該怎麼辦才好。

春清低下頭向老人說：「晴明大人，我知道拜託您這種事非常不合理，但是我們已經無計可施，能想的辦法都想過了。」

深深低下頭的春清懇求說：「您說不定可以占卜出大副的病源，消除大副的病，求求您為這件重大的事提供支援……！」

晴明沒有立即答覆。

他是陰陽師。雖然同樣是藉神的力量、詢問神的旨意、唸誦祈禱文或驅邪除魔的咒文，但是基本上，神祇官與陰陽師是兩條平行線，沒有任何交集。

陰陽道比較融通，需要神道、佛教、密教或道教時，會毫不避諱地使用。

而信仰高天原最高神明天照坐皇大御神，自尊比山高、比海深的神祇官，絕不可能自己走向陰陽道，這是前所未有的事。

原本保持沉默的行成，終於開口對一時無法下判斷的晴明說：

「晴明大人，我也要拜託您支援這件事。」

行成的表情非常誠懇。

「皇上也很擔心，這次久雨不停，會不會跟神宮的變故有關。」

所以才會透過道長把晴明找來。

之所以沒有派欽差下旨召見，就是擔心神宮的變故會成為國家大事流傳出去，成為風言風語，攪亂民心。

「晴明，據皇上聖言，你的病已經痊癒，又有讓死者起死回生的秘術，一定救得了神祇大副和齋王。」

既是皇上聖言，那麼不管是非正式或私下場合，毫無疑問都是聖旨，晴明根本沒有說不的權利。

晴明面向前方，低下頭說：「我不知道我晴明可以做到什麼程度，但既然是皇上聖言，我也只能謹遵皇命了。」

從竹簾後傳來篤定的聲音。

「太好了，晴明，這樣朕心中的大石頭就落地了。」

晴明瞥了春清一眼，露出驚訝的表情。

低著頭的神祇少佑不停動著嘴巴，沒有發出任何聲音，只是強忍著什麼似的咬著牙。

接下盡快占卜的皇命後，晴明便退出了寢宮。

道長、行成和春清繼續留在原地，大概是還有關於伊勢的事要談。與神宮相關的事，都與晴明無關。

已經安排好牛車送他回去了，所以晴明跟在帶路的侍女後面走著，嘴巴還小聲地嘀咕著什麼。

「無論占卜也好、祈禱也好，都可以集合所有神祇官的力量去做啊！怎麼會落到我頭上呢？」

晴明知道，神將們聽到他煩躁的自言自語都在苦笑，但他還是停不下來。

結果，完全沒提到關於長久雨勢占卜的事。神宮的事也許比久雨不停還要重要，但這應該也是重大事件啊！

「真是的……」

晴明搖頭嘆息，有隻小手像安慰般拍了拍他的肩膀。應該是太陰吧！因為玄武搆不到他的肩膀，朱雀的手也沒那麼小。

「晴明大人，請小心走……」

侍女不時回過頭關心，晴明微微一笑，點點頭。

這時候，背後有人直直盯著他。

是一個侍女，就站在對屋的外廊上，把手搭在柱子上，注視著晴明。

那視線冰冷得像夜晚的黑暗，沒有絲毫動搖。

「安倍晴明……」

女人低聲喃喃唸著他的名字，陰沉地瞇起眼睛，轉身離去。

✱ ✱ ✱

正在排列貝合遊戲⑪的文蛤貝殼的脩子忽然停下來，抬起了頭，大大的眼睛中流露出驚慌的神色。

「妳說安倍晴明來過了？」

脩子問。侍女點點頭說：

「是的，聽說是皇上私下召見，我們也是在晴明大人離開後才知道的。」

脩子的表情扭曲，貝殼從手上滑落。

「父親什麼都沒說嗎？沒有把母親的事告訴晴明大人嗎？」

跪坐在地上的脩子靠膝蓋移動到侍女身旁，又提出一連串的問題。侍女面有難色，不知道該如何回答。

「因為……」稍微停頓後，她百般無奈地接著說：「因為皇后殿下自己跟皇上說不用那麼做。」

脩子瞪大了眼睛。

「為、為什麼……」

她不由得望向母親所在的對屋。竹簾與窗戶遮住了視線，但皇后定子住的對屋就在那前方。

「母親的身體狀況也不太好啊……而且肚子裡還有皇子或皇女。」

母親懷孕了，當肚子大到看得出來時，健康狀況就不太好，經常躺在床上。

她很想去探望母親，但是，每次去母親都會特別費心。因為看出了她心中的寂寞，母親蒼白的臉上總會擠出笑容，明明應該躺在床上的，也會強撐著爬起來，把她摟進懷裡。

這時候她就會覺得很開心，幸福得幾乎要落下淚來。然而，當母親冰冷的手指碰觸到她的臉時，她的心又會逐漸冷卻。

脩子的弟弟敦康親王也被迫離開了母親身旁，現在住在其他對屋裡，由奶媽照顧。孩子們如果在視線範圍內哭鬧，母親就會想從床上爬起來。皇上擔心這一點，所以下令把孩子帶開。

現今皇上特別寵愛定子。當然，他也很疼愛脩子和敦康，但妻子與孩子還是不一樣，在他心中，妻子所佔的比重還是多於孩子。

脩子很高興看到父母鶼鰈情深。父親還有很多嬪妃，脩子非常不能接受左大臣的女兒中宮，但是看到父母如膠似漆的樣子，那種排斥的心情就逐漸減輕了。

就血緣關係來說，左大臣道長是脩子的叔公。但是，脩子無論如何也無法忘記他是讓母親傷心的罪魁禍首，見到他時，脩子總是低著頭，什麼也不說。

所以道長見到她就會嘆氣。

「晴明不會再來了嗎？不能叫他來嗎？」

被脩子這麼逼問，侍女搖搖頭說：「我不知道……」

看到公主沮喪地垂下肩膀，侍女不知道該說什麼才好。

正感到手足無措時，另一位侍女替她解了圍。

「公主，不如您明天去見皇后，拜託皇后召見晴明吧？」

脩子的肩膀顫抖了一下，慢慢轉移視線。

不知何時坐過來的侍女，是面帶微笑的阿曇。

「哦……」

阿曇綻放笑容說：

「皇后應該是不想讓皇上擔心吧！但是如果公主去求她，她說不定會改變心意。」

另一個侍女也鬆口氣，用力點頭贊成阿曇的提議。

「啊！對了，公主，您就這麼做吧！公主去說的話，皇后應該會召見晴明吧！」

脩子眨眨眼睛，視線飄忽不定。

是這樣嗎？也許這樣做比較好吧？可是這個提議出自阿曇，在她心中埋下了陰影。

「我再想想……」

脩子勉強這麼回應，侍女才展露微笑點點頭，這時候，好像有人在叫她。
「啊……阿曇，公主拜託妳了。」
「好的。」
侍女走了，脩子無聲地伸出手想留住她。
阿曇從旁握住了她的手，讓她倒抽了一口氣。
「唔……」
被拉向阿曇的她嚇得站不起來。阿曇把臉湊向年幼的脩子，深深微笑。
「公主，您休息一下吧？」
還不到傍晚，外面卻已經暗得像晚上了。
「我知道您擔心皇后，可是您的臉色也不好呢！公主。」
脩子往後退了一步，但阿曇還是不放開她的手。
「請放心，在您睡著前……不，睡著後也一樣，我都會陪在您附近。」
可以清楚看見，脩子的肩膀在顫抖。阿曇應該也看見了，表情卻沒有絲毫改變。
「我會一直待在公主身旁，不讓公主去任何地方……」
「……」
聲音出不來。

脩子拚命甩開阿曇的手，逃進主屋深處的床上，抱頭蹲坐著。
救命、救命啊！誰來救救我啊？我好害怕。
我好害怕，好害怕。
那雙眼睛一直看著我，那雙眼睛緊緊抓著我，把我囚禁，不讓我逃開。
「……救……」
我好害怕。

誰來救救我啊——！

✖ ✖ ✖

有聲音，沙沙沙的雨聲。
喳喳、喳喳、喳喳、喳喳。
愈來愈激烈的雨聲漸漸增強、增大。
是雨聲。
不，那不是雨，是轟隆的雷鳴。

雷神生氣了，轟隆轟隆地表現憤怒，瘋狂嘶吼著。

喳喳、喳喳、喳喳、喳喳。

不，不是雨，也不是雷鳴。

那麼，是什麼？

喳喳、喳喳、喳喳、喳喳。

這是什麼聲音？怎麼聽都像是雷鳴。

——妳大概不知道吧？

——妳不知道的這個聲音……

——是……的聲音

——這個呼喚妳的聲音……

——妳的耳朵很快就聽得見了

喳喳、喳喳、喳喳、喳喳。

這是什麼聲音？

還有，在那裡看著的人是誰？

＊　＊　＊

脩子張開眼睛，赫然跳起來。

心臟撲通撲通地跳得好快。

像是被什麼不明的東西追逐，全力奔跑般，呼吸十分急促。

「唔……」

淚水撲簌撲簌地流下來。

在抱頭蹲坐時，不知不覺地睡著了。

她豎起耳朵，擦拭眼淚。

傳來淅瀝淅瀝的聲音。

那是什麼聲音？

剛才作了夢，那是什麼夢呢？好像聽到了類似的聲音。

「類……似……？」

低聲嘟囔後，脩子用力搖搖頭。

不對，完全不像雨聲，是更強、更大、更劇烈的可怕聲音。

脩子抱緊自己的身體，拚命地吸氣又呼氣。

「那是……什麼……是誰……」

在聽得見那聲音的地方，在傳來雷神怒吼般可怕聲音的地方，有非常可怕的東西注視著自己。

似乎是在呼喚自己的那個聲音，究竟是……她思索著，但實在太害怕，就放棄了思索。摀住耳朵、閉上眼睛的她，拚命想拋開這一切。

然而刻劃在幼小心靈中的恐懼，沒那麼容易除得去。

救命啊！救命啊！我好害怕、好害怕，誰來救救我啊！

她搖搖晃晃地站起來，走下床鋪。房裡好暗，好可怕。

附近感覺不到任何人的氣息。她慢慢往前走，確認那個可怕的侍女不在。

淚水快溢出來了，她怕一出聲，淚水就會像潰堤般奪眶而出，所以緊咬住嘴唇，壓抑著快要崩潰的心情。

好想見母親。她在腦中描繪母親蒼白的臉龐，走向了對屋。

雨下著，雨聲好像更強、更大了。天空總是混濁陰暗，雲層低垂，讓人連心情都開朗不起來。

只要太陽出來，所有的不安應該就會雲消霧散，遺憾的是，到處都看不到太陽。是被雲層擋住了嗎？那麼，雲層為什麼一直覆蓋著天空呢？

太陽會不會就這樣消失，整個世界都變成黑夜呢？這種難以形容的恐懼湧現，揪住了脩子的心。

「母、母親……」

雙腳不聽使喚，無法向前走。被雨淋濕的外廊又冰又冷，光著的腳濕了，手扶著的高欄也是濕的，斜斜打進來的雨落在脩子的頭髮上。

額頭、臉頰、脖子、肩膀，全被雨淋濕了。

感覺全身都被雨攫住了，脩子顫抖起來。

這時候，有人在視野角落移動，她還來不及轉頭看，就聽到驚慌的聲音。

「公主？」

脩子停下腳步，往聲音的來源望去。

在雨和淚交織的視野中，有張熟悉的臉。

「行成大人……？」

藤原行成急忙跑到茫然低語的脩子身旁。

他跑過來後，也顧不得衣服會弄濕，馬上蹲下來配合脩子的視線高度說：

「怎麼了？脩子公主，看到您這樣我好心痛……」
擔心的聲音、憂慮的表情，完全是真情流露。
藤原行成是偶爾會來探望皇后定子的少數公卿貴族之一，跟定子的侍女少納言也很熟。
他和脩子之間，也是從脩子還在吃奶時就認識了。不過，說認識也只是隔著屏風、竹簾聽到她的聲音而已。
當脩子學會走路，可以在宮裡的登華殿、竹三条宮走來走去時，兩人不期而遇的機會愈來愈多，就這樣記住了彼此。
行成每次見到脩子，都會親切地笑著蹲下來，陪脩子玩，直到尋找脩子的侍女找到他們，所以脩子很喜歡行成。
「公主，侍女們都到哪裡去了？」
彷彿半睡半醒地看著行成的脩子被這句話拉回了現實。
赫然回神的她怯怯地環視周遭，行成看到她眼中的恐懼，訝異地皺起了眉頭。
「脩子公主，您到底……」
還來不及說「怎麼了」，背後響起了其他聲音。
「哎呀！對不起，右大弁大人。」

行成轉頭往後看，所以沒看到脩子瞬間變得僵硬的表情。

阿曇走到全身緊繃的脩子身旁，雙手搭在她小小的肩上。脩子呆呆佇立著，完全動彈不得。

「我一直陪在她身旁，剛剛才離開一下，她就從床上溜下來了……」

行成用斥責的口吻，對滿臉歉意垂下視線的侍女說：

「以後絕對不能離開她半步，她現在非常重要，不可以有任何疏忽。」

侍女挨了行成罵，乖乖地低下頭說：「是……以後絕對不會發生這種事。」然後又像不經意似的問：「右大弁大人，您說她現在非常重要，是什麼意思？」

行成發現自己失言，不知道該怎麼回答。侍女抬起頭，疑惑地說：

「是公主發生了什麼事嗎？」

「那只是一種措詞，皇上、皇后都很重要，公主也一樣。」

最後撂下一句「要好好照顧她」，行成就走了。

目送他離去的侍女臉上還是帶著笑，暗自嘀咕著：

「右大弁啊，那是什麼意思呢？」

冷酷的聲音跟剛才面對行成時完全不一樣。

「公主很重要……沒錯，再重要不過了……」

倏子被來自頭上的恐怖聲音嚇得連一根手指都動不了。
像雕像般僵直的她在心底深處慘叫著。

小怪的陰陽講座

⑨齋王是被派去奉祀伊勢神宮神明的公主，齋宮是指齋王所居住的地方，齋宮寮是負責所有與齋王、齋宮相關事務的機關。

⑩卜部隸屬於神祇官之下，是負責占卜職務的人，代代世襲。

⑪貝合遊戲是起源於平安時代的一種遊戲，把三百六十個文蛤的左右殼拆開，一邊當成地貝，一邊當成出貝。玩的時候，先將地貝全部蓋起來排在地上，大家再輪流拿出貝去跟原來的地貝配成對，配成越多對的人就是贏家。現在為了更方便玩，會在貝殼裡面畫圖或寫歌詞。

8

再過一會兒就要回家了。

被瑣碎的工作追著跑的昌浩聽到鐘鼓聲，悄悄嘆了口氣。

「雨下個不停，都看不出時間了。」

昌浩的聲音十分微弱，坐在地上的小怪仰望著天空說：

「就是啊！天色這麼昏暗，好像已經傍晚了。」

「嗯，沒錯。」

擺好紙張後，昌浩在矮桌前坐了下來，開始磨墨，準備寫字。他接到上面的命令，要他謄寫自陰曆八月以來的雨量統計資料。

謄寫的資料要編輯成冊，一直保管下去，所以要用心寫。

每個月的曆表在每個月結束時就會丟棄，所以抄寫曆表比較輕鬆。

「喂！是行成。」

小怪轉過頭去。昌浩也停下手上的動作，順著小怪的視線望過去。

的確是藤原行成，但表情看起來有些沉重。

昌浩疑惑地站起來，叫住就要直接走過去的行成。
「行成大人。」
但是行成還是繼續往前走。昌浩又叫了一次，這次比剛才大聲。
「行成大人！」
陷入沉思的行成這才停下來，轉過頭看。
「是昌浩啊！」
昌浩走向走廊上的他，疑惑地問：
「怎麼了？您看起來臉色不太好。」
「對、對，你眉毛間的這個地方都擠出一條條的線啦！行成。」
直立在昌浩身旁的小怪指著自己的眉間說。
昌浩不露聲色地踢開小怪，關心地說：
「是不是太累了？鴨川潰堤的事也好，重建進度的延宕也好……」
行成像驚醒般，對著昌浩猛搖頭說：
「啊……不，那些事都還好……不對，那些事也不好。」
修正自己的話後，行成把手按在頸子後面，抬頭看著屋頂說：
「糟糕、糟糕，我有點混亂了。」

昌浩瞪大了眼睛。

入宮工作以來，偶爾會遇到行成，但從來沒看過他這麼毛躁、慌亂的樣子。

看到昌浩疑惑的表情，行成像掩飾什麼似的笑了起來。

「不行不行，再不振作起來的話，會影響工作。」

那樣的苦笑，是在笑他自己吧？

「昌浩，你快做完了嗎？」

瞇起眼睛看著擺好的紙張、抄寫用具的行成已經恢復平常的樣子了。心情轉換得真快，不過，不這樣大概也沒辦法從事政治吧！

「把這些抄完後，今天的工作就結束了。行成大人呢？」

「我嘛……可能暫時還回不了家吧！」

昌浩微微一笑說：

「能幹的人要做的工作特別多吧？您先去臨時寢宮晉見皇上，再來這裡處理公務，會花掉不少時間呢！」

小怪在昌浩腳邊，兩隻前腳靈活地交叉環抱，嗯嗯地點著頭。

「我想也是，即使搭牛車往來，還是很花時間。」

小怪縱身跳上昌浩的肩膀，又揮揮前腳說：

「加油啦！行成，有你這樣的好人往上爬，這個國家的政治就不會走偏了。」

昌浩不由得瞥一眼說得口沫橫飛的小怪。

「真是這樣嗎？」

雖然沒出聲，只是用眼神傳達，小怪還是正確解讀了他的意思。

「咦？大概是吧，嗯。」

這應該也可以說是心有靈犀吧？不過，又好像不是。

行成看著昌浩，眨了眨眼睛，忽然把視線轉向了東方，好像在想什麼似的，眼中蒙上了陰影。

「行成大人？」

昌浩跟著往東方望去，行成轉向他，垂下眼睛說：

「剛才我在臨時寢宮遇到了公主。」

冷不妨聽到「公主」兩個字，昌浩的心跳猛然加速。

「咦……？」

行成沒有察覺昌浩的反應，淡淡地接著說：

「她看起不太好……讓我很心疼。」

「喂，行成，什麼意思？」

小怪開口問。行成當然聽不見，昌浩又替小怪問了一次。

「行成大人，您這話是什麼意思？」

「最近皇后殿下健康狀況不太好，經常躺在床上。公主很聰明，知道要體諒母親，可是她畢竟才五歲，還是很想撒嬌的年紀……看到天真無邪的她堅強地忍耐著，我就覺得很可憐。」

從行成蠕動的嘴巴，可以看出他又接著說了一句「而且」，眼神像是擔憂著另一件事。昌浩和小怪都看出來了，但是行成沒有再說什麼，像要結束這段對話似的甩了甩頭。

「昌浩，你再加把勁吧！」

「是，謝謝。」

能幹的官員對低下頭的昌浩笑笑，走向了中務省。

昌浩杵在原地好一會兒，動也不動。

臨時寢宮裡的內親王脩子公主。

官員們都不知道，昌浩和脩子之間有淡淡的因緣。

昌浩救過她，也被她救過。

她哭著想見母親的模樣，在昌浩腦中一閃而逝。

現在，皇后的健康狀況又出了問題，脩子很可能一個人強忍著悲傷。

聽到昌浩這麼說，小怪甩甩耳朵，嗯嗯地沉吟了幾聲。

「不過，應該不會是一個人吧？宮裡有那麼多隨從和侍女，而且脩子也有隨身侍女吧？起碼有一個、兩個、三個或四個……」

滔滔說個不停的小怪忽然沉默下來，板起了臉。

「咦，怎麼了？小怪。」

昌浩問。小怪看也沒看他一眼，望著遠方某處。

「我想起了一件事……」

搔著脖子一帶的小怪半瞇起了眼睛，然後甩甩耳朵，嘆口氣，無力地垂下了頭。

「唉！算了，都過去了。」

聽到這樣的口吻，昌浩就大約猜出小怪想起了什麼。

以前還是敵人時，風音曾經假扮成脩子的隨身侍女，潛入寢宮。

昌浩抓抓小怪白色的頭安慰它。它會這樣說給自己聽，表示它心中還存在著什麼痛楚。

一直以來，小怪都在逃避那樣的痛楚，痛到無法直視傷口。但是，現在它開始試著去面對了。

已經發生的事，無法完全抹消。除非可以遺忘所有的事，否則，有生之年都會被那樣的痛楚所糾纏。

即使不能當作沒發生過，也可以靠時間來治療傷口。或許會留下傷疤，但疼痛總有一天會消失，然後，當某天突然想起來，有種懷念的感覺時，就真正獲得救贖了。

「幹嘛啦！」

小怪不高興地扭動身體，昌浩不管它，繼續撫摸。小怪啪噠啪噠地甩動尾巴想拍掉昌浩的手，但很快就放棄了，乖乖讓他摸。

又開始工作的昌浩邊動著手中的筆，邊想著種種事。

行成最後是想說什麼呢？

他說年幼的公主很可憐，而且……

那憂鬱的眼神，看起來像是有其他的原因。

行成本身好像也因為工作繁重而消瘦了許多，現在應該只是憑著一口氣支撐著。昌浩也有過這樣的經驗，當那口氣耗盡時，就真的不能動了。

可能的話，最好撥出一些時間好好休息，但是行成太能幹、太受重用了，可能很難辦得到。人太能幹，好像也不行。

就這點來說，成親就安排得很好。

在昌浩眼中，成親總是適度地工作、適度地偷懶，爭取適度的評價，也適度地被某些人嫌棄。在昌浩看不見的地方，可能也面對了種種難處，但截至目前為止，昌浩還沒看過他像行成那樣忙得團團轉。

行成很優秀，成親也有他優秀之處，只是優秀的意義正好相反。

「你擔心嗎？」

在附近蜷成一團的小怪突然這麼問。昌浩停下手中的筆，轉向小怪，看到夕陽色的眼睛正指著東方。

「嗯……」

也擔心她。

小怪跳起來，瞇起眼睛說：

「不是嗎？我還以為你在想脩子的事呢！」

昌浩確認四下無人，才壓低聲音說：

「我當然也擔心她，行成都那樣說了，何況她又是脩子公主。」

昌浩讓毛筆蘸滿墨水後，挺直了背脊。

「等一下拜託太陰和白虎去看看吧？」

小怪抿嘴一笑說：

「可以啊！」

「嗯。」

儘管對方是皇上的孩子，儘管對方是原本一輩子都不可能見到的公主，還是跟昌浩有關係。

這分因緣誰也不知道，但也不必為了刻意保持距離而不關心她。

「只是稍微看一下情況，應該沒關係吧？」

「她身旁應該有隨身侍女，啊，不如我去看看誰陪在她身旁吧？」

「哦，這點子不錯，不愧是怪物。」

小怪忽然露出尖牙大叫：

「我才不是怪物！改改你的觀念嘛，晴明的孫子！」

「不要叫我孫子！」

昌浩完全沒察覺自己的音量愈來愈大。

正好從那裡經過的敏次停下腳步，滿腦子疑問地嘀咕著：

「昌浩沒問題吧……？」

✦ ✦ ✦

聽到鐘鼓聲響，年輕人停下了腳步。
「這就是報時的鐘鼓聲？」
年輕人感嘆地環視周遭。
別說是皇宮了，他連進京城都是第一次。
沉浸在第一次來京城的感動中好一會兒後，他端正姿勢，直直往前走。
眼前就是朱雀門，門的後面就是這個國家的中樞——皇宮。
安倍成親是陰陽寮的曆表博士，同時也是參議大人的女婿。
他知道在朝廷內，後者的頭銜遠比前者沉重，所以他在待人處世上總是面面俱全，以免遭人記恨，才能存活到現在。今後也會這樣持續下去吧！
這麼做不會太辛苦，只是很麻煩。但是不這麼做的話，遲早有一天會莫名其妙被幹掉，這就是皇宮可怕的地方。
也因為如此，皇宮當天發生的事幾乎大半都在他掌握之中。為了徹底做到面面俱全，最重要的就是掌握訊息。
難得在規定時間完成工作的成親，看到小弟正拚命揮動著毛筆。

「喲！」

發現他的小怪豎起了耳朵，咻咻咻振筆疾書的昌浩神情專注，目不轉睛。

「幹勁十足呢！」

成親讚嘆不已。小怪跳到他肩上，不高興地說：

「快寫完時，又來了追加的部分。」

原來如此，所以昌浩把所有不滿的情緒都發洩在紙上，這是非常健康又正確的方式。

小怪默默看著昌浩一會兒，忽然瞇起眼睛說：

「對了，成親。」

「嗯？」

因為旁邊有人，所以成親沒有看著小怪回答，但小怪毫不在意，又接著說：

「關於皇宮的詭異氣氛，你有沒有什麼新的消息？」

成親稍微瞥它一眼，壓低嗓門說：

「沒有皇宮詭異氣氛的相關消息，不過有件奇特的事。」

「什麼事？」

成親往東南方望去，輕描淡寫地回答：

「聽說齋宮寮的官員離開了伊勢。」

小怪瞪大了眼睛。

「齋宮寮？」

「是的，聽說還匆匆忙忙地晉見了皇上……」

成親稍作停頓，抓了抓太陽穴一帶。

「不知昨天還是前天，從伊勢來的神祇少佑好像也晉見了皇上，齋宮寮到底發生了什麼事呢？」

由於跟陰陽寮沒有直接關係，所以只知道這麼多。

小怪總覺得哪裡有問題，歪頭思考著，怎麼會這樣呢？

就在兩人一臉迷惘時，筋疲力盡的昌浩終於放下筆，雙手拿著紙，整個人趴在桌上。

「終於抄完了！」

「喲，辛苦了、辛苦了。」

「咦？成親大哥，你幾時來的？」

昌浩聽到慰問的聲音，一抬起頭，才發現大哥站在旁邊。

正在皇宮晉見皇上的磯部守直滿臉緊張地趴跪在地上。

隔著竹簾，傳來年輕皇上倒抽一口氣的震撼。

清除閒雜人等的寢殿裡，只有皇上與守直兩個人。隨從、侍女和侍衛們都在隔著窗的外廊上待命，但應該聽不到說話聲。

然而，兩人還是儘可能提高警覺，隨時壓低說話的聲音。

「皇上，請務必答應這件事。」

叩拜的守直聽到嘎噹一聲，稍微抬起頭，觀察四周。

微暗的房內點著燈台，透過火光，可以大約看出竹簾後的狀況。

靠著憑几的年輕人沒有撿起掉在地上的檜木扇子，掩住了臉。

更厲害的是沒有叫出聲來，因為儘管下了清場令，若是聽到皇上的叫聲，侍衛們還是會衝進來。

皇上緩緩抬起頭說：

「這件事……沒辦法改變嗎？」

聽到皇上硬擠出來的聲音，守直心如刀割，卻沒辦法說出皇上想要的答案。

他只能斬釘截鐵地說：

「臣請求皇上……」

皇上垂下頭，無力地握起了拳頭。

空氣中充斥著凝重的沉默。

忍受這樣的氣氛聽著雨聲的守直，耳邊響起皇上微弱的聲音。

「來人啊……」

皇上撿起地上的扇子一敲，侍女和隨從就悄悄地出現了。

「傳左大臣來。」

守直又對低聲下令的皇上深深叩拜。

差不多快黃昏了。

天空中烏雲密佈，看不太清楚，只能憑感覺判斷時間。

站在外廊看著天空的彰子感覺到一陣風，大吃一驚。

風中蘊含著神氣。

她移動視線搜尋，看到烏雲中的小黑點瞬間擴大，數量也增加了。

「啊……」

她才剛低聲驚叫，就聽到嘎噹一聲。她轉過頭，看到眼睛閃閃發亮的朱雀飛上了屋頂。

風對著舉起雙手的朱雀吹過來，風中有普通人看不到的三個身影。
其中一個身影翩然降落在朱雀伸出來的臂彎裡。
「天貴！」
朱雀毫不掩飾情感地叫喚天一的名字，用力地摟住她纖細的身體。
天一也一樣，呼喚著接住自己的最愛的人。
「朱雀，我回來了。」
另外兩個身影不管熱情擁抱的兩人，降落在地面上。
風將白虎翩然降落，恍如沒有體重。
勾陣利用膝蓋的彈力減緩衝擊，邊站起來，邊轉向彰子說：
「好久不見了，彰子小姐。」
眼睛連眨都忘了眨的彰子目不轉睛地盯著她，笑得很燦爛的人，的確是十二神將的勾陣。
「我去向晴明報告。」
「等等，我也去。」
勾陣叫住轉身正要離去的白虎，但白虎揮揮手拒絕了。
「我一個人去就夠了，而且天一又是那個樣子。」

白虎瞥她一眼，苦笑起來。依偎在朱雀臂彎裡的天一恐怕暫時離不開了，朱雀也絕對不會放開她。

勾陣聳聳肩表示理解，目送隱形的白虎離去後，又轉向彰子說：

「這個時間，昌浩他們還在宮裡吧？」

「是、是的……」

彰子僵硬地點點頭，勾陣發現她的表情呆滯，訝異地問：

「小姐，妳怎麼了？發生什麼事了？」

勾陣一走上外廊，彰子就抓住她的手，愁眉苦臉地說：

「呃，請聽我說，拜託妳。」

「嗯，我聽妳說，怎麼了？彰子小姐。」

勾陣在彰子身旁坐下來，弓起了一隻腳，彰子也跟著坐下來。

她緊抓住膝蓋，聲音微弱地說：

「昌浩……有點奇怪……」

勾陣啞然無言，微微張大了眼睛。彰子看著她，臉上的表情很難過。

「他一直……很奇怪……」

9

響起「我回來了」的聲音。

雙手掩面的彰子屏住氣息，抬起頭。

她露出微笑站了起來，臉上已經絲毫看不出剛才的悲痛。

「我去接他！」

「勾陣，謝謝妳聽我說。」

勾陣瞇起眼睛，簡短回答：「哦……對了，彰子小姐，可以拜託妳一件事嗎？」

「什麼事？」

彰子問。勾陣望著門的方向說：「麻煩請小怪來一下，我有話跟它說。」

彰子的眼波微微搖曳，默默地點點頭，走進屋內。

勾陣嘆口氣，帥氣地撥開掉落臉上的頭髮，垂下的眼睛浮現厲色。

「回來了啊……」

聽到沉穩的聲音，勾陣回過頭，看到白色怪物正搖搖晃晃地往這裡走來。

發現好久不見的同袍眼神陰暗，夕陽色的眼睛閃過憂慮的光芒。

「有什麼事嗎？」

勾陣微微一笑，搖了搖頭。

「我剛剛聽完小姐說的話。」

小怪瞪大了眼睛，光這樣它就知道怎麼回事了。

「這樣啊……」

在勾陣旁邊坐下後，小怪嘆了一口氣。

兩人在雨聲中沉默了好一會兒。

淅瀝淅瀝下個不停的雨讓人想起出雲的日子。那是慘烈的記憶，每天都活在激戰中。

震耳欲聾的大妖咆哮聲，劃破天際的閃電與轟隆隆雷聲，刀光劍影，四處飛濺的鮮血，地面被挖開而漫天飛揚的沙土，染紅的水面。

這些慘不忍睹的畫面，一一浮現腦海又消失。

低著頭沉默不語的小怪終於冒出了一句話：「他違背了誓言……」

勾陣只把視線轉移到小怪背上，她知道小怪這麼說，並不是要她附和。

只是要她平靜地接受淡淡陳述的言靈。

就像剛才她聆聽彰子說話時的態度。

所以，勾陣就照做了。

她看到的，不是眼前這個垂頭喪氣的白色異形，而是沮喪地垂下肩膀的寬闊背部。

「一開始我就知道，那小子所相信的屹立不搖的誓言其實不堪一擊……」

勾陣垂下了眼睛，小怪淡然的嗓音深處，有著令人心痛的迴響。

「我就知道，遲早會違約……」

然而……

要成為不傷害任何人、不犧牲任何人的頂尖陰陽師——

這個當時銘刻入心的想法、毫不猶豫的話語，是千真萬確的。

但是，不可能實現。

因為那小子想走的路，絕對容不下那樣的想法。

「那小子是要成為陰陽師，而且是最頂尖、甚至超越晴明的陰陽師。」

「嗯……」

「所以這是必經的道路，只是比想像中早了一些。」

「嗯，沒錯……」

跟小怪、紅蓮一樣，勾陣也知道。不只是他們，所有神將都清楚知道，那是絕對做不到的誓言。

因為他們服侍安倍晴明至今，晴明所走過的路，除了他們之外，沒有其他任何人知道。

只有他們親眼見到這條路是多麼坎坷，沾滿負面思想的鮮血與黑暗緊密相連，分也分不開。

「但是我不能跟他說什麼……不管我說什麼，試著安慰他或試著鼓勵他，都只會刺傷他。」

昌浩對紅蓮許下了任誰都知道不可能遵守的誓言。

還要紅蓮看著他完成這個誓言。

猛然抬起頭看著天空的夕陽色眼眸，像微波般蕩漾著。

「而且發誓要保護的對象，竟然在自己眼前被刺傷……現在的昌浩，小小心靈非常危險……」

紅蓮和勾陣當時都不在現場，是事後才斷斷續續從太陰那裡聽來的。但是，不難想像那個打擊有多大，教人膽戰心驚。

我要變強、我要變強！這麼想的昌浩，一心一意只追逐著這個目標。

會這麼渴望，就是因為違背了誓言，所以下定決心，下次非保護到底不可。

知道自己體內存在著比誓言、願望、潛藏在血中的異形火焰更怕的東西，讓昌浩不

寒而慄。

所以他瘋狂似的追求消除恐懼的強悍。

在自己體內的是除了誓言之外，一切都可以犧牲的強悍。

那種強悍，就像斷言會以天一為第一選擇的朱雀，所帶給人的莫名恐懼感。

神將中，感情最豐富的是六合，最激情的是青龍，最專情的是天一。

「……」

勾陣默默伸出手，撫摸小怪白色的背。

在同袍之中，最深情的，就是這個以白色異形現身的最兇狠的男人。

而感情最熾烈的是朱雀。

觸犯天條的騰蛇畢竟還停留在界線之內，六合也是。

反而是從來沒有觸犯過天條的朱雀，其實已經跨越了界線。

摸著白色背部的勾陣終於開口說：「彰子小姐覺得很懊惱。」

白色耳朵抖動了一下，勾陣的身影映在夕陽色的眼眸裡。

「她說，她當下完全無法思考，沒想到事後會傷到昌浩的心。」

我也許保住了昌浩的性命。

卻也深深傷害了他。

彰子掩面訴說，聲音悲痛。絕不讓淚水掉下來，心卻在慟哭。

因為她傷害了最重要的人，傷得又深又重，足以撼動靈魂的根基。

「這樣啊……」

原來她真的是這麼想。

小怪低喃著，搖頭嘆息。

昌浩與彰子彼此都很關心對方，卻又相互拉開一段距離，這是以前不曾有過的事。

昌浩對彰子很溫柔，從出雲回來後，變得更溫柔了。

彰子處處為昌浩著想的心也比以前有過之而無不及。這樣的關係，看起來令人欣慰，卻有些走了樣。

因為太、太珍惜、太過珍惜，反而被恐懼困住，迷失了方向，走不出去。

「看不下去了……」

小怪沉默下來，這是它一直埋藏在心底最深處，不曾吐露的心情。

如履薄冰的緊繃氣氛始終存在著，它只能假裝沒發現，摸索著該怎麼做，但是，其實它也知道自己無能為力，所以硬是把無可宣洩的情緒壓抑下來了。

它所能做的，就是盡心盡力地維持危險的均衡，不讓一切瓦解崩潰。

「在走投無路的困境中，你能做到這樣，已經很了不起了。」

冷靜的話語反而更招來小怪的些許不悅，它低聲嚷道：「少囉唆……」

勾陣輕輕眨了眨眼睛說：

「幹嘛這樣？我是真的這麼想啊！」

「我當然知道，只是很遺憾，擅長應付這種事的人這段時間都不在。」

那種口吻把勾陣逗笑了。

「騰蛇，這叫推卸責任。」

「就叫妳少囉唆嘛！勾，給我閉嘴。」

「你好霸道……」

這根本是拿她出氣，但是一直以來，小怪連這樣都做不到，所以勾陣心想，也許該讓讓它吧！

她拍著白色的背安慰它。小怪擺出一張臭臉，卻沒有拒絕她，可見它並不生氣。

聽著雨聲好一會兒後，小怪甩甩尾巴，接著說：「對了，六合去哪裡了？」

他應該跟白虎的風一起回來了，卻一直不見人影。就算隱形了，同袍也應該感覺得到他的氣息。

「不會被守護妖們攔住了吧？」

原本只是隨便說說的，但想到大有可能，小怪不禁擔憂起來。

勾陣苦笑著搖搖頭，在滿臉狐疑的小怪頭上來回撫摸著說：

「沒那種事，他也回來了，只是……」

小怪大感意外地張大了眼睛。

＊　＊　＊

閉上眼睛，雨聲還是從耳朵鑽進來，攫住了心。

每當過了傍晚，天色完全暗下來時，倏子就趕快逃進懸掛了床帳的床舖裡。

那個侍女應該就在附近。

她蓋著棉被，屏住氣息，不讓胸口的劇烈心跳聲傳出去。

聽著自己的呼吸和心跳聲的她，也悄悄豎起耳朵聽床帳外的聲音。

她打算一有什麼動靜，就馬上逃出去。

啊！可是手腳抖成這樣，恐怕會不聽使喚吧？

她從棉被緩緩探出頭來，張開眼睛，看到的只有一片黑暗，心想這樣也好，必須先讓眼睛適應黑暗。

她數著時間，用力呼吸，彷彿不這麼做，就會害怕得忘了呼吸。

某處的窗戶發出啪噠啪噠的聲響。

好強的風。大概是哪扇窗忘了關，被風吹得搖搖晃晃的。

房內有隔間帷幔和屏風，所以即使拉開木門，風也吹不進床帳裡。

風聲颼颼。看來不只雨勢，連風勢都增強了。

倏子的身體更加僵硬了。

在黑暗中聽著風聲、雨聲，更挑動了她心中的恐懼。

「誰……誰……」

聲音嘶啞的她動著眼簾。

「誰……誰來……」

一個人好可怕。

這樣的思緒突然湧上心頭，瞬間蔓延開來。

一個人好可怕，一個人好寂寞，一個人好孤獨。

「誰來……救救我……」

就在這一剎那。

木門被無聲地拉開，風灌了進來。掛在屏風上的帷幔被風吹得相互摩擦，木頭的傾軋聲在屋內沉重地迴響，融入了雨聲裡。

唏答一聲，響起赤腳走在地板上的聲音。

脩子全身顫抖，很想摀住耳朵，但僵硬的四肢完全不聽使喚。

有人悄悄地移開屏風，往床舖走過來了。

——我會陪在您身旁。

她彷彿看到冰冷的笑容，慘叫卡在喉嚨裡，只有喘息聲從嘴唇溢出來，忘記閉上的眼睛凝結了。

床帳搖曳著，有人抓住床帳，往裡面看。

救命啊！救命啊！誰來救救我啊！

我好怕、好怕、好怕、好害怕——！

「公主……」

蓋著被子、只知道害怕的脩子，耳畔拂過輕柔的呢喃。

脩子的眼眸在棉被下轉了轉。

剛才的聲音是……

她只把視線往聲音來源移動，但漆黑中什麼也看不見。

急劇的心跳聲在耳邊怦怦作響，沒聽清楚那個聲音，她希望能再聽一次。

「公主……您是不是呼喚了我？」

她拚命將全身的力量注入不聽使喚的僵硬四肢。
慢慢撐起身體時，棉被從她頭上滑落下來。
床帳裡應該是一片漆黑，她卻看到朦朧、溫暖的橙色燈火在眼前搖曳。
那是放在窗戶旁的帶把燭台所點燃的小小火焰。
溫暖的火光融化了凍結的心，一個女人坐在火光中，淡淡地微笑著。
「……」
脩子眼睛眨也不眨地看著她。
她不是侍女裝扮，身上的露肩衣服樣式很陌生。顏色酷似黑暗，若不是有帶把燭台的火光，幾乎看不見她。
同樣是呼叫「公主」，卻是不一樣的言靈。
脩子凝視著她，女人纖細的手指伸向了脩子的臉。
「對不起，我來晚了，害您獨自忍受恐懼。」
——對不起，害您那麼寂寞、那麼害怕。
脩子把眼睛張大到不能再大。
好像有什麼東西在她的大腦裡爆開。長久以來只模模糊糊看見的臉龐，清楚地浮現眼前。

突然，眼前的輪廓因為淚水而變得迷濛了。緊繃至今的心得到解放，卡在喉嚨裡的莫名硬塊也消失不見了。

「……音……」

含著淚的叫喚有些顫抖、有些嘶啞，風音偏頭笑著說：

「什麼事？」

脩子抽搐地吸口氣，伸出了雙手。

「風音！」

緊緊抱住了風音的她，在風音的懷裡激動地放聲大哭。

不知道這樣過了多久。

脩子哭得唏哩嘩啦，風音一次又一次地撫摸她的頭，溫柔地說：

「沒事了，我聽見您的呼喚，來救您了。」

她好害怕，一直很害怕，卻又不能跟任何人說，只能獨自忍受。

她無時無刻不在求救，用聽不見的聲音吶喊著。

原本以為沒人會聽見的哀號，傳到了風音耳裡。

所有凍結的情緒，都隨著淚水被沖掉了，脩子做了個深呼吸，擺脫所有陰霾。

「風音，妳離開了好久。」

「是的。」

風音點點頭承認，嘴角浮現些微苦笑。脩子透過燭台的燈光看到她的苦笑，歪著頭說：

「妳好像……跟以前不太一樣。」

風音給她的印象有了一百八十度的大轉變。

以前的風音也對她很好，但有點冰冷，牽著手時、微笑時，眼眸最深處總是閃爍著利刃般的光芒。

而今，在脩子面前的風音卻令她絲毫感覺不到那種冰冷。

「妳真的是風音？」

有點害怕的脩子正要往後退時，風音看著她的眼睛，溫和地點點頭說：

「是的，是我，公主。」

脩子目不轉睛地盯著風音，終於接納了她。

雖然說不出哪裡不一樣，但脩子告訴自己，現在的風音比以前更好。

風音撥開女孩額頭上的頭髮，心疼地說：

「眼睛都哭紅了，等一下我用濕毛巾幫您冷敷，才不會腫起來。」

脩子臉色蒼白地抓住風音的手。
好像用全身在告訴風音不要走。
「我不會走的，放心吧！真的。」
「妳會一直待在這裡？」
被這麼一問，風音的表情顯得有些猶豫。她移動視線，像是看著背後床帳的外面。
《妳想怎麼做就怎麼做。》
聽到在耳邊響起的聲音，風音綻開了笑容。缺乏抑揚頓挫的聲音，其實充滿了柔情。
風音轉向脩子，肯定地點點頭說：
「在您靜下心來之前，我都會陪在您身旁，所以不用再害怕了。」
那個侍女也是動不動就說「我會陪在您身旁」，每次聽到她這麼說，脩子的心就像被冰凍的棉被裹住，全身發冷。
然而，同一句話出自風音口中，脩子的心就像被鎖住春天陽光的純棉棉被暖暖地包住了。
她終於感到全身放鬆，吁地吐了口氣，露出許久不見的生澀笑容。
「嗯……」

從小孩子不該有的僵硬笑容，就可以清楚知道她是多麼恐懼。

那樣子教人心痛、教人不捨，風音又緊緊抱住了年幼的皇女。

一直隱形的六合在外廊現身，抬頭看著天空。

出雲的天空已經放晴了，但是愈靠近京城，雲層卻愈厚，到丹波一帶時就開始下雨了。

聽說從陰曆七月以來，天氣就不太好。

到處水氣瀰漫，讓人心情鬱悶。六合覺得五行正逐漸失衡，不祥的預感湧上心頭。

一個月前，風音在沉睡中聽到求救的聲音。既然那是脩子的聲音，那麼，異象應該在那時候就發生了。

木門發出嘎吱的聲音，被拉開了。

躡手躡腳走出來的風音抬頭看著六合，微笑著說：

「結果變成這樣了，對不起。」

剛到這裡時，她是一身輕盈的打扮，現在已經換上了侍女服。

六合搖搖頭說：

「沒關係，我早知道會這樣。」

還記得決定讓她跟六合一行人一起回京城，是在陰曆八月初時。

比古神突然對風音展開攻勢，風音立刻反擊，把祂趕走了，但是神沒那麼好應付，儘管一度放棄了，卻不代表永遠都會放棄。

在神將們都不知情的狀態下，擔心女兒的道反女巫，與晴明之間悄悄談妥了什麼事。

他們都沒聽說這件事，所以作好回京城的準備時，看到風音出現，所有人都大吃一驚。

想起那時候的事，六合的眼神變得有些迷濛。

心愛的公主好不容易才回來，守護妖們都非常反對她去京城。

大蜈蚣、大蜘蛛、大蜥蜴和烏鴉同時提出強烈抗議，鬧得無法收拾。如果它們是各自來表達意見，說不定結果會好一點，偏偏這件事的打擊太大，守護妖們都失去了理智，只是異口同聲地大叫著不行不行，最後終於把風音惹火了。

——你們不要太過分了！

挨罵的四隻守護妖面對生氣的公主，慌張得語無倫次，那景象真可以說是奇觀。勾陣還冷靜地評論說，公主那股英氣真不愧是繼承了神明的血脈。

「其他侍女和宮女怎麼辦？突然來個新侍女，她們不會覺得奇怪嗎？」

聽到六合的疑問，風音聳聳肩，苦笑起來。

「我對她們施加了暗示，所以她們不會起疑。放心吧！這又不是第一次。」

說完，她心虛地低下了頭。

「這裡沒什麼好的回憶……」

當初是為了陰謀而潛入寢宮，現在雖然地點不同，但同樣是在寢宮內，而且內親王脩子公主也在。

風音往木拉門望去，滿腦子想著躺在屋內的床上，睡得很安詳的小女孩。

她是那麼害怕、那麼憔悴，幼小的心靈被恐懼五花大綁。

身為皇女的她，繼承了天照大御神的血脈。儘管生在人世間，血統會愈來愈不純正，但太陽神統治高天原的神通力量還是沒有消失吧？

她人在京城，卻可以把求救的聲音傳到遙遠的西國出雲，可見她體內確實還存在著天神子孫的靈性。

風音環顧四周，忽然板起了臉。

「這間對屋……不，不只是對屋，而是整座寢宮，空氣中都混雜著奇怪的氣息。」

她把手搭在高欄上探出身子，盯著烏雲看。

「這場雨也很奇怪……貴船的龍神到底在幹什麼？」

貴船的祭神高龗神是掌管雨水的龍神。

豐葦原瑞穗國⑫有八百萬神明，除了高龗神外，還有其他掌管雨水的神明。但是以京城為中心的區域一帶，是在高龗神的管轄內。當雨下得太多時，適時讓雨停止，是神明的任務。

靈峰就聳立在北方，只是沉沒在黑夜裡，看不見。風音往那裡瞥一眼，不安地瞇起了眼睛，然後緩緩地望向臨時寢宮所在的西方。

皇宮在那裡，真正的寢宮也在那裡。

風音很清楚寢宮裡有什麼。因為她繼承的是天津神的血脈，不但有與生俱來的知識，還有成長期間學習得來的智慧。

教會她種種事情的是智鋪宗主，雖然她的心曾因此被憎恨所佔據，但她得到的基本知識與基礎教導都十分正確。

正因為她是正統的天津神血脈，所以更需要植入正確的知識，否則她的力量就不能發揮到極致。智鋪宗主為了隨心所欲地控制她，先徹底灌輸給她正確的知識，再提供錯誤的訊息給她。

然而長期離開道反的她，與生俱來的力量蒙上了些許陰影，可能是因為曾經死過一次吧！

父親道反大神非常反對她離開聖域，希望她至少能再多留一年，在這裡療癒身心上的失調，否則下次再出事就真的無法挽回了。

問題是，目前的狀況已經逼得她不得不離開了。

大神拗不過急躁的風音，只好示意她去那個瀑布修禊。

出雲整個國度都是神聖的場所，恢復原狀的大地之氣與水氣，可以清除所有不必要的髒東西，而充滿聖域的神氣可以加速療癒效果。

還有，她的軀體沉睡的藍色宮殿並不是用來停放屍體的殯宮，會選擇放在那裡，是因為那裡容易匯集神氣。

六合低頭看著風音，發現她的表情變得更陰暗了。

「怎麼了？」

風音把手一伸，指向皇宮的方位。

「有動盪的氣息在那裡盤旋……好像不是什麼好東西。」

這麼沉思低吟的她忽然轉移了視線。

「怎麼了？」

六合也隨著她的視線望過去。

黑暗中，有陣風從天空吹來，直直吹向了臨時寢宮。

風音立刻擺出了迎戰姿態，但被六合制止了。
「彩輝？」
「不用擔心，那是太陰的風。」
聽到十二神將的風將之名，風音微微張大了眼睛。
幾乎就在同時，風降落在對屋前面。
彈開雨水的風罩包覆著好幾道人影。
看清楚是什麼人後，風音不由得叫出聲來。
「昌浩……」

小怪的陰陽講座

⑫「豐葦原瑞穗國」是日本的美稱。

10

酉時過半，就完全進入黑夜了，但臨時寢宮應該還在活動中。

所以昌浩等到徹底進入了深夜的亥時，才從家裡出來。

不過因為是拜託太陰的風運送，所以正確來說，應該是從他自己的房間直接飛出來。

當他說要去視察臨時寢宮的狀況，拜託太陰送他去時，太陰顯得很害怕。但那只是一瞬間，她很快就讓自己的視線盡量避開小怪，答應了這件事。

她說她會努力去做，原來是真的。

不過，小怪還是跟太陰保持一定的距離，不越雷池半步，而太陰也絕不主動接近小怪。

就這樣，兩人之間產生了奇妙的緊繃感。

他們把昌浩夾在中間，永遠站在對角線的位置上。

昌浩覺得很後悔，應該拜託白虎才對，可是都已經出來了，現在後悔也來不及。

就在他暗自決定早點回去的時候，看到了臨時寢宮的屋頂。

雖然施了暗視術，但是因為下雨，還是沒有像平常看得清楚。據說在雨中，神將們的眼睛也看不遠。

「那裡就是臨時寢宮了，要在哪裡降落？」

太陰指著下方問，昌浩考慮了好一會兒。

他憑著一股衝動跑來，卻不知道內親王脩子公主所住的對屋在哪裡。

看到昌浩抱頭苦思的樣子，小怪提議說：

「先找個地方降落吧！我和太陰去找對屋，你在那裡等著。」

因為一般人看不見小怪和太陰。當然，如果他們加強神氣現身就看得到，有靈視能力的人也看得到。

神將們會配合對方的靈視能力調節神氣。即使他們現身讓昌浩、晴明、吉昌和彰子看得到，完全沒有靈視能力的人也絕對看不到。

陰陽寮裡多少有幾個擁有靈視能力的人，所以神將們都會隱形。

至於小怪，聽說連具有強大靈視能力的安倍家族的人，也不是每個人都看得到它。昌浩的靈視能力被封鎖時，可以看得到小怪，是因為小怪選擇了昌浩的靈魂，設定「無論如何都只讓昌浩一個人看得見」。

當它恢復原貌時，即使隱形也會溢出神氣，可見它的力量有多麼強大。

「咦，那不是六合和風音嗎？」

小怪眨眨眼睛，舉起前腳指給大家看。太陰比昌浩先叫出聲來：

「啊，真的呢！那麼就是那間對屋吧？」

太陰改變風向，在對屋前降落。

突然出現來訪者，六合與風音顯得很驚訝，不過六合的表情並沒有多大改變，「顯得很驚訝」只是昌浩的感覺。

「昌浩……」

聽到有人出聲叫自己，昌浩滿臉訝異。剛才從上空往下望時沒有看得很清楚，現在才發現風音穿著侍女服。

他驚訝地張大了眼睛，盯著風音看。風音察覺到他的視線，苦笑著說：

「很奇怪嗎？」

「啊！不、不會……」

小怪和太陰催促驚慌失措的昌浩說：「喂，你不是來看脩子的狀況嗎？」

「剛好可以請風音帶我們去看啊！」

風音不解地偏起頭。太陰飛到她身旁說：「我們聽行成說，公主不太有精神。啊！行成是藤原家的貴族，也是昌浩的輔佐人。」

子。

光聽這樣的說明，無論風音是否能完全理解，起碼也知道昌浩來這裡是因為擔心脩子。

「公主在裡面，可是睡著了，還是不要進去吵她比較好。」

風音穿著侍女的服裝，待在外廊也沒關係。而昌浩是穿著深色狩衣，摘下烏紗帽、解開了髮髻，萬一遇到其他侍女或侍從就糟了，所以他沒有走上外廊。

昌浩看看風音，再看看六合，視線直率又強烈，如果做過什麼虧心事，絕對無法面對他這樣的視線。

「怎麼了？」

「風音，妳看起來不太一樣。」

沒想到昌浩會說出跟脩子同樣的話，風音瞠目結舌。旁邊的六合直盯著昌浩，好像有什麼話要說，昌浩疑惑地皺起了眉頭。

「我說錯了什麼嗎？」

在昌浩腳邊看著這一切的小怪裝傻說「我哪知道」，甩了甩尾巴。

「喂，風音，公主交給妳沒問題吧？」

風音眨了眨眼睛。這句話就看個人怎麼詮釋，也可以想成是對她的能力感到懷疑。

然而，小怪的夕陽色眼睛之中沒有絲毫的懷疑或警戒，只是直直地看著她。

風音默默地點了點頭。

「嗯……有我在，公主不會有事。」

聽到她的回答，小怪點了點頭，用尾巴拍拍昌浩的腳，轉過身去。

「好了，昌浩，回家吧！」

昌浩大吃一驚。

「咦？可是我們才剛到，也還沒看到公主……」

小怪受不了地瞪著愈說愈激動的昌浩。

「風音都說沒問題了，你的擔心只是自尋煩惱。」

昌浩抬起頭看著風音。

從外廊低頭望著他的風音默默點了點頭，嘴角泛著淡淡的笑容。

昌浩覺得她散發出來的氛圍比在道反與她告別時更柔和了。表情或相貌都沒有變，可能是在看不見的更深層部分，有什麼地方跟以前不一樣了。

昌浩瞥了六合一眼。他只是陪在風音身旁，從剛才一句話也沒說。昌浩不知道這個沉默寡言的男人在想什麼，但是，他即使不說話、即使缺乏表情，只要待在那裡，就會讓人覺得沒什麼好擔心的。

「那麼，不只風音，六合也會一直待在這裡嗎？」

被這麼一問，六合的表情才有了變化。

「不……我要先回安倍家一趟。」

他都還沒有向晴明報告呢。原本打算先回安倍家，再去臨時寢宮的脩子那裡，可是風音說那樣會來不及，他只好先陪她一起來臨時寢宮。

其實他們很早就到臨時寢宮了，只是在脩子上床前，一直有侍女陪在身旁，所以他們等到脩子獨處時才出來。

風音的實力有一定的評價，足以與神將們匹敵，就算沒有六合的陪伴，也不會有危險。拋開情感不談，這就是六合的判斷。

不過，風音只要激動起來，就會不顧一切地往前衝。所以老實說，不看著她，六合多少還是會有點擔心。

思考了一會兒後，昌浩嗯嗯地嘟囔著，一把抱起了小怪。

「我進去還是有點不方便，小怪，你去看看公主吧！」

「我去？」

小怪瞪大了眼睛，昌浩很認真地點點頭。

「她看不見你，就不會被你吵醒。風音，這樣可以吧？」

風音顯得有些猶豫，小怪與昌浩互看一眼，用窺伺般的眼神望向對屋。

老實說，小怪也有些為難。

內親王脩子公主只有五歲，還是個孩子。以前雖然是有風音的法術協助，但她畢竟還是挖開過黃泉瘴穴，可見她心中有非常深沉的黑暗面。據說，黑暗面愈漆黑，就表示光明面愈光亮。擁有強光的人，大有可能看得見異形等人類之外的存在。

如果她具有靈視能力，就會敏感地察覺到小怪的氣息。

一想到這裡，小怪就有點遲疑。

「不……我想我最好還是不要去……」

「為什麼？沒關係啦！因為你是怪物。」

昌浩等著小怪回罵他說「我不是怪物」，沒想到小怪只是在嘴巴裡嘰嘰咕咕地不知道唸著什麼。

這時候，在風音身旁的太陰舉起手說：「不然我跟風音一起去看看好了。」

要是再討論不出結果，恐怕會拖延回家的時間。太陰這麼提議，是考慮到等著昌浩回家的彰子的心情。

所有人的視線都投注在嬌小的神將身上，她輕盈地轉身說：

「這樣總行了吧？再討論下去也不會有結果，萬一有人來就糟了。」

她說得也有道理。

「也對，那你們在這裡等一下。」

風音跟太陰一起消失在木拉門後面。

三個男人無所事事地等著。

「六合，好久不見了。」

昌浩開朗地問候，寡言的木將只是默然點頭。真的是久別重逢，六合從來沒有在玄武的水鏡裡出現過，所以這是告別道反以來第一次見面。

「出雲怎麼樣？比這裡暖和嗎？」

「不……我大多待在很裡面，所以覺得京城比較暖和。」

「這樣啊，那麼那裡的天氣呢？」

這個問題讓六合稍微思考了一下。

「晴天比較少了，但是不像這裡一直下雨。」

就是雨雖然不多，但雲層還是很厚的意思吧？

昌浩這麼解釋六合的話，抬頭看看天空，皺起了眉頭。

雲層綿延不絕，傍晚時刻就跟黑夜一樣漆黑了。

在調查八咫鏡時，昌浩漫然思索著：太陽被雨遮住的黑暗世界，簡直就像神話中的天照大御神躲進了天岩戶洞窟時的狀況。

根據記載，就是八咫鏡把天照大御神從洞窟引了出來。

他真的只是漫不經心地想著。

「鏡子啊……」

即使不是什麼寶物，但是能照出所有東西的鏡子，也可能成為神器，擁有驅邪除魔的力量。

八咫鏡在照出天照大御神的身影時，吸入了神的力量。供奉在溫明殿的神鏡是不是也分到了一些神的力量呢？

想起出現在溫明殿的神秘白髮女人，昌浩的表情就變得有些嚴肅。

那個女人潛入賢所，是為了神鏡嗎？如果是，她要神鏡做什麼？

是有人覬覦神的力量嗎？

「我也來祈禱雨停吧……」

昌浩喃喃說著，嘆了一口氣。在能力範圍內做點什麼，總比什麼都不做得好。相較於什麼都不做的一般人，昌浩能做的事多得太多了。

「喂，昌浩，那是……？」

緊張的聲音打斷了昌浩的思考。

「咦？」

他反射性地抬起頭，看到那個白髮女人站在對屋前方。

小怪從昌浩手上跳下來，降低身體重心，擺出備戰姿態。

「她是什麼人？」

跟著進入戒備的六合還搞不清楚狀況，小怪簡短地說：

「我們也不知道，只是昨晚看到她進了溫明殿。」

她散發出來的氣息很奇特，跟昌浩至今遇過的任何對手都不一樣。

女人看看昌浩和小怪，再把視線移向六合。仔細看，她的眼珠子細細長長的，很像白天的貓眼。

注視昌浩他們好一會兒後，女人終於鄭重地開口說：「這是警告。」

「什麼？」

一頭霧水的小怪眼神更加淒厲了，但女人一點也不為所動。

「不要靠近那個女孩，不關你們的事，你們最好馬上離開！」

昌浩不假思索地向前一步大叫：

「什麼意思?!」

「就是我說的意思，鏡子的力量也快耗盡了。」

「鏡子」是指溫明殿的神鏡嗎？

女人瞪著昌浩說：

「時間正一分一秒地流逝，你們快走。」

「怎麼回事？溫明殿的鏡子到底……」

話說到一半，昌浩突然打住了，心想不會吧？

「難道這場雨是妳的傑作……?!」

女人以沉默回應。昌浩等人都斷定，沉默就是承認了這件事。

這時候，風音和太陰聽到吵鬧聲也衝出來了。

「怎麼了？」

兩人看到來歷不明的白髮女人，都驚訝地停下了腳步。

昌浩回頭大叫：「看著公主！」

接著他面向女人，結起刀印。

「嗡阿比拉嗚坎夏拉庫坦！」

結刀印，集中靈力。

「嗡咕哩咕哩吧喳啦吧吉利霍拉曼噠曼噠溫哈塔！」

真言震響，伴隨著凌厲的氣勢放出法術，卻被女人輕輕一揮就反彈了回來。

「這傢伙……有兩下子。」

小怪低聲嚷叫著，全身冒出了鬥氣。

看到這情景，風音很快地掃視周遭一圈。脩子的對屋在寢宮內的最邊緣位置，但是如果吵得太過火，還是可能被發現。

「此聲乃神之聲，此息乃神之息，此手乃神之御手。」

「風音，妳幹嘛……」

雖然感覺到太陰驚訝的視線，但風音還是逕自結起刀印，高舉右手，犀利地詠誦：

「恭請高天原之風、眾神之氣息降臨，形成光之藩籬，阻隔現世與幽世——！」

就在詠誦完畢的同時，環繞四方的牢籠困住了所有人。

「這是？」

昌浩不由得環視四周，聽到風音說：

「是結界，只要不解除，除了我們之外，都沒有人可以靠近這裡。」

而且不管怎麼吵鬧，聲音都不會傳出結界外。

「不管發生什麼事，都有神的氣息守護著這裡。」

「也就是說……」小怪轉頭問：「不管在這裡做什麼，都不會危害到現世？」

「也可以這麼說。」

「那就方便了。」

小怪微微一笑，瞬間恢復原貌。

高舉的右手招來了火蛇。

「女人，我會逼妳說出妳的來歷！」

鮮紅的火蛇強烈扭擺，白髮女人卻一點都不緊張，跟紅蓮一樣舉起了右手。

四周的水窪，水面開始震盪。

「沒辦法。」

就在女人低吟的瞬間，好幾個身影從水面蹦出來，看起來像是長著水翼的獅子。

從來沒見過這種生物。

無數的獅子撲向了昌浩和紅蓮。

「裂破！」

昌浩以法術擊碎了逼近眼前的獅子後，視線掃過周遭，眼角餘光捕捉到鮮紅的火蛇。往上竄升的扭擺火蛇被獅子一口咬住，嗞的一聲化成水蒸氣，頓時煙霧瀰漫。

六合現出銀槍，把衝過來的獅子砍成了兩半。被砍成兩半的獅子，唰地變成四濺的飛沫。

這時候，女人乘機快跑，越過了高欄。

「妳是什麼人?!」

被風音擋住質問的女人沉著地說：

「在請教別人姓名之前，應該自己先報上名來吧？」

風音的雙眼閃過冰冷的光芒。

「我不會把名字告訴來歷不明的人。」

女人皮笑肉不笑地說：

「好巧啊！我也一樣。」

雨滴匯集在女人雙手上，形成放浪形骸的蠕動水柱。

「妳要對公主怎麼樣？」

風音身上的侍女服看起來很重，卻還是被她釋放出來的靈力吹得翻騰搖曳。

一旁的太陰手邊也聚集了風的漩渦，嚴陣以待。

「我沒義務回答妳。」

風音的黑髮狂亂飛揚。

「百鬼破刃——！」

釋放而出的靈力化成了無數的刀刃。

女人雙手交叉，水柱向四周擴散，作出水鏡般的盾牌。

風刃雖然把盾牌砍得四分五裂，卻一刀也沒砍到女人。

女人解除防備，悠哉地攤開雙手，笑了起來。

「我不想跟你們打，快讓開。」

風音嘖嘖咂舌，橫眉豎眼的太陰從她身旁衝了出來。

「看招——！」

她雙手高舉過頭，揮出龍捲風，轟隆作響的龍捲風把女人的身體遠遠拋飛了出去。

「太棒了！」

風音對著目光炯炯的太陰大聲叫好。

「還沒完呢！」

女人在半空中翻個觔斗，就在著地的同時踏地而起，瞬間滑入了風音與太陰之間，低聲說：

「妳們……不是人類吧？」

風音倒抽一口氣，太陰怒吼說：「妳不也一樣嗎？哼！」

太陰以渾身力量射出的風矛被水柱彈飛出去。濺起飛沫的水柱向四周散開，隱藏了女人的身影。

就在視野被遮蔽的那瞬間，女人消失不見了。

「跑到哪裡去了？」

不管怎麼搜尋，都找不到女人的身影。

「萬魔拱服——！」

將風撕裂般的詠誦一響起，大群的水獅子就被炸成了粉末。

火焰鬥氣膨脹起來，吞噬了所有剩下的獅子，煙霧彌漫的水蒸氣遮蔽了視野。

四周恢復了寂靜。

淅瀝淅瀝下著的雨，洗去了大氣中殘存的動盪氣息。

雨勢愈來愈強，淋得全身濕的昌浩、紅蓮和六合仔細地觀察周遭。

「那個女人究竟是……」

風音與放出水獅子的女人對峙過。其他人在對付水獅子時，都有看到當時的情景，所以轉向風音與太陰，徵求她們的意見。

風音默默地搖了搖頭。

女人出現與消失時，昌浩他們都沒能及時察覺。

「她是異形，但是跟以前見過的都不一樣。」

昌浩握起拳頭，懊惱地咬住下唇，竟然二度被她逃脫了。

外廊上積滿了女人放出來的水。

「啊！要把外廊弄乾才行。」

太陰強裝出開朗的樣子，風音看出她的心意，淡淡苦笑著說：

「放心，解除結界後就恢復原狀了。」

說完，她再次結起刀印，閉上眼睛。

「自光之藩籬至葉子一枚，全化為神之氣息……」

颼地吹過清靜的風。

昌浩他們從剛才到現在都是站在同一個地方，但是在感覺上，風吹之前與風吹之後，是不同的地方。

風音的法術與昌浩所知道的法術有相似之處，但完全不同。

從原貌變成異形的紅蓮打消了跳到昌浩肩上的念頭，因為這麼做泥沙會弄髒昌浩的肩膀。

「喂！六合。」小怪正經八百地對沉默地轉向自己的六合說：「那個女人隨時都有可能再出現，你就留在這裡吧！我去幫你向晴明報告。」

「嗯，我也打算這麼做。」

寡言的木將看看外廊上的風音，點了點頭。風音以眼神回應後，六合的身影就在黑暗中消失了。

「昌浩，回家了。」

小怪催促著昌浩，並且轉向了太陰，害太陰嚇得肩膀顫抖了一下。小怪有注意到她的反應，但什麼也沒說，抬了抬下巴。

「一路小心，我改天再去拜訪晴明大人……」風音怕弄濕衣服下襬，退到淋不到雨的地方，忽然視線一轉說：「有人來了，快躲起來。」

昌浩趕緊鑽進外廊下面，小怪也跟著鑽進去，不一會兒才想到自己沒必要躲，搔了搔耳朵一帶。

跟小怪一樣不需要躲的太陰也反射性地溜進了敞開的木拉門後。

風音假裝剛從屋裡出來，拉上木門時，兩名侍女從柱子後面走出來。

「我們好像聽到什麼聲音……」

怕被雨弄濕衣服而拎著下襬走過來的侍女，看到風音時，露出訝異的表情。

「啊，妳是……」

在見到風音的瞬間，她似乎想起了什麼，不停地眨著眼睛。

風音裝溫順地說：「對不起，我回家住了一段時間。」

「原來是這樣啊……」

侍女想起她就是春天時入宮，很得脩子歡心的那個人，欣慰地笑了起來。

「公主一定也很開心，妳回去是因為身體哪裡不舒服嗎？」

「嗯，健康出了點問題……不過，休息後已經完全康復了。」
配合侍女擠出笑容的風音，發現另一個侍女正盯著自己看。
那股視線有點冰冷，讓她的笑容摻雜了幾分訝異。
前輩級侍女轉頭看著另一個侍女說：
「對了，她跟妳一樣，也很得公主歡心呢！她是妳回家期間入宮的。」
被介紹的侍女向風音點頭致意，風音也點頭回應，沉著地說：
「這樣啊……今後請多多指教。」
「我才要請妳多多指教呢……不好意思，請問該怎麼稱呼妳？」
在寢宮，大多不使用真名，而是使用通稱。
「啊，她是……咦，對不起，我忘了妳叫什麼。」
前輩級侍女想幫風音說，卻想不出來，很不好意思。也難怪她想不起來，因為風音離開寢宮時，施了法術，讓大家忘記所有與她相關的事。
風音思考了一下，開口說：「我叫雲居，是出雲人。」
「啊……沒錯，妳叫雲居，這位是……」
被投注視線的侍女冷冰冰地看著風音，微微笑著說：「我叫阿曇。」
警鈴在風音腦中震響。

這個女人有點古怪。

「妳很清楚公主的事吧？我才剛入宮沒多久，要麻煩妳多教教我。」

阿曇裝出很親切的樣子，風音也爽朗地回答她：

「不要這麼說，我才要請教妳公主最近的事呢！」

太陰在木拉門後面，聽著她們之間的對話。

「風音，妳真行……」

忽然，她發現屏風動了一下。

往那裡望過去的她跟從帷幔後面探出頭來的脩子，四目交接了。

「啊……」

脩子目不轉睛地盯著太陰，可見她看得到太陰。

太陰雖然現身，但只釋放出一般人看不到的神氣。

不愧是繼承了天照血脈的皇女，竟然看得到神將，可見具有相當的靈視能力。

怎麼辦呢？

脩子走到默默冒著冷汗的太陰面前，眨眨眼睛，偏起了頭。

✕ ✕ ✕

第二天早上，皇上又召見了晴明。

「怎麼這麼密集，會是什麼事呢？」

正當晴明百思不解地做著準備時，跟昨天一樣，藤原行成當使者來迎接他了。

「連著幾天召見，很少有這種事呢！」

行成苦笑著回應晴明說：

「就是啊！我上朝晉見皇上，正在上奏種種事情時，皇上突然要我來接你，我也很驚訝。」

他依照慣例，正要報告鴨川河堤、寢宮重建等相關政事時，皇上突然打斷他說：

「不好意思，朕有事拜託晴明，行成，你能不能當使者去安倍家接他？」

從竹簾後面傳來的聲音聽起來有點虛弱。

皇上是委託的口吻，所以應該是在徵求他的同意。

但是，皇上的話是聖旨，不可以推辭。

所有公卿們都不敢違抗皇上說的話，行成立刻派使者先去安倍家通報，沒隔多久便親自來接晴明了。

「皇上的聲音沒什麼精神……聽起來有些虛弱，讓人擔心。」

行成說完眨眨眼睛，嘆了一口氣。晴明問：

「怎麼了？行成大人。」

「沒什麼……」

行成搖搖頭，苦笑起來，心想沒有任何事可以瞞過這個老人。即使什麼都不說，也會被他的千里眼看透，所以他才會被稱為曠世大陰陽師。

「老實說，昨天我偶然遇見了公主……」

她的臉色有些蒼白，失去了活力。

行成見過脩子好幾次，這個幼小的公主平常總是臉色紅潤，眼睛看起來烏亮清澈。現在，儘管年紀還小，卻已經懂得體諒母親定子，儘可能不靠近病榻，那樣子令人心疼。

「失去後盾的皇后現在處境困難。皇上雖然在皇子剛出世時，曾經把注意力都轉移到皇子身上，但也還是十分疼愛公主，所以我擔心皇上看到連公主都變得那麼無精打采，會不會陷入低潮……」

最寵愛的皇后定子，健康狀況已經很不好了，如果連脩子都發生什麼事，會讓皇上更加痛苦。

「晴明大人，方便的話，可以請你去看看公主嗎？」

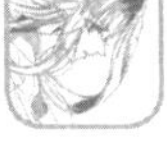

晴明欣然答應了行成的要求。

「只要我幫得上忙，一定會去。」

行成才剛安下心來，就聽見隨從說快到寢宮了。

下著雨。

彰子抬頭看看天空，輕輕嘆了口氣。

今天昌浩也一大早就去工作了。昨晚回來得比較早，應該有得到充分的休息。

出門前，兩人的交談還是跟平常一樣，沒什麼特別重要的內容。

住進安倍家後，送昌浩出門這件事，在不知不覺中成了彰子的工作。沒有人要她這麼做，是她自己老是跑出來送，不久就成了慣例。

當然，昌浩不在的日子除外。

現在，打掃和煮飯的工作都忙完了。晴明因為皇上召見不在家，露樹也去市場買東西了。彰子很想跟去，但露樹說怕她會感冒，不讓她去。

「露樹阿姨如果感冒也很糟糕啊……」

可能是因為她在床上躺了很久一段時間，所以露樹才那麼擔心吧！但是彰子的身體其實已經沒事了，在下雨天外出應該也不會怎麼樣。

待在安倍家，有昌浩、晴明和吉昌等陰陽師陪在身旁，彰子體內的詛咒就不會發作。詛咒沒辦法消除，但可以控制住，不會對日常生活造成困擾。

她想起了昌浩的臉。最近不知道為什麼，老是想起昌浩的臉。

那張臉不再坦然地看著自己，而是像懷抱著什麼又大又沉重的東西，勉強硬撐著。

雖然昌浩還是跟以前一樣，總是對著自己笑，但最近的表情看起來就是不太自然，不經意地瞥過時，會看到他臉上的陰霾。

把這件事說給剛回來的勾陣聽後，她的心情舒暢多了。可是她也知道，事情不會因此獲得解決。

再次嘆息時，響起了輕快的呼喚聲。

「小——姐——！」

「小——姐——！」

「小——姐——！」

彰子的眼睛亮了起來。

「哎呀……」

好久不見了。她往聲音來源望過去，看到小妖們在圍牆外上上下下地跳躍著。

「小姐——喂——」

「拜託——幫個忙——」

彰子不懂猿鬼猛揮著手在說什麼，歪起頭想著：

是要我幫它們什麼呢？

她披上衣服擋雨，繞過大門，走向小妖們。

中途跟她擦身而過的勾陣只是默默地隱形跟在她後面，沒有攔住她，所以她想應該沒有問題。

有勾陣在的話，就不會發生危險。

彰子跑了過來，看到三隻小妖圍著一塊黑色物體，不禁瞠目結舌。

「這……」

獨角鬼擔心地說：

「幫幫這傢伙吧！」

「它東倒西歪地飛過來，掉在水窪裡就不動了。」

「啊，可是戳戳它還會動，所以還活著。」

猿鬼連戳幾下，黑色翅膀就抖動一下，發出微弱的呻吟聲。

「小姐，它很可憐吧？幫幫它吧！」

聽到獨角鬼的要求，彰子困擾地看看四周。

「呃，怎麼辦呢……？」

可以隨便把它帶回安倍家嗎？現在安倍家只有彰子在。

這時候，隱形的勾陣出現在彰子旁邊。

「帶它進去沒關係。」

彰子抬頭看著勾陣說：

「真的嗎？」

「是的。」

勾陣點點頭，蹲下來，伸出了手。

「應該說，最好把它帶進去，不然等一下它會大吵大鬧。」

「咦……？」

在彰子聽不懂而提出疑問前，勾陣已經抱起了濕答答的烏鴉。

感覺到手掌溫度的烏鴉張開眼睛，看到勾陣就說：

『哦……十二……神將……』

聽到烏鴉開口說人話，彰子和小妖們都大吃一驚。

「它會說話?!」

「烏鴉會說話耶！」

「那麼，是跟我們同類？」

小妖們你一言我一語地說著，還拚命往勾陣手上瞧。勾陣苦笑著說：

「不要把它說成你們的同類，它的自尊心比山還高呢！」

她站起來後，又轉向彰子說：

「先帶它進去吧！」

「勾陣，這隻烏鴉是……？」

「它啊……」勾陣看著手上全身無力的烏鴉，簡短地回答：「可以說是六合的天敵吧！」

彰子愈聽愈糊塗，勾陣拍拍她的背，轉頭對小妖們說：

「你們回去吧，離夜晚還有一段時間呢！」

小妖們氣嘟嘟地說：

「什麼嘛，找藉口趕我們走啊？」

「有什麼關係嘛，它是我們帶來的啊！」

「好久沒見到小姐了，就讓我們進去玩一下嘛！」

被腳邊的小妖們嘰嘰喳喳地抱怨，勾陣嘆口氣，看看彰子，苦笑著點了點頭。

「拿你們沒轍，跟我來吧！」

勾陣跨出腳步，聽到背後的小妖們發出歡呼聲，又無奈地嘆了口氣。

同樣的幾個面孔聚集在臨時寢宮的寢殿內，晴明也坐在裡面。

過沒多久，侍女帶著另一個人進來，讓他坐在晴明身旁。

是晴明不認識的人，看起來跟孫子成親差不多年紀。

晴明並不認得皇宮內所有的貴族，心想可能是某位大官的兒子，但也不至於把現場氣氛搞得這麼僵吧？

帶晴明來這裡的行成好像也不知道今天的主題。大中臣春清的表情，也跟行成一樣。

道長板著臉，保持沉默，一語不發。

最令人擔心的是坐在竹簾後的年輕人。從他身上散發出來的氛圍，幾乎可以說是悲痛的動盪，十分沉重。現在的僵硬氣氛，很可能就是他造成的。

「都到齊了嗎？」

左大臣道長說話了，所有人都挺直了背脊。

「這位是伊勢國齋宮寮的官員磯部守直。」

磯部守直低頭叩拜。

竹簾後的聲音說：

「守直，把你昨天對朕說的話，再說一次給在場的人聽。」

守直抬起頭環視所有人。

「在座的春清大人離開伊勢沒多久後，齋王的病情就惡化了。」

「什麼?!」

臉色發白的春清欠身向前。

齋王連日高燒，不管藥師怎麼醫治，還是沒有好轉的跡象，所以卜部詢問了神的旨意。

由於齋王是神宮裡所有祭神儀式的關鍵人物，現在齋王病倒了，他們想知道這是什麼樣的啟示？

「可是不管怎麼占卜，都得不到確切的答案，只能眼睜睜地看著時間流逝。就在這時候……」

霪雨不斷的某天黎明，突然傳來宮女的慘叫聲，接著，吹過一陣狂風。

齋王的寢室禁止男人進入，所以官員們都不能進去。

「過了一會兒，我們才派命婦⑬去了解發生了什麼事，結果是神明下詔。」

所有人都倒抽一口氣。

大中臣春清說：

「這是真的嗎？」

「我沒有必要欺騙大家吧？」

被守直頂回來，春清沮喪地垂下了肩膀。

「齋王竟然發生了那種事……」

春清從伊勢出發時，齋王恭子公主就臥病在床了，但是，他萬萬沒想到事情會變成這樣。

「春清大人，你要振作點。」

自己也臉色發白的行成這麼安撫春清，他才從茫然若失中回過神來。

守直又淡淡地接著說：

「命婦說，皇大御神是借用齋王的身體，顯示神威。」

神說：

「這場雨有違我們的旨意，有違天意。為了讓陽光照耀這個國家，必須帶依附體來。」

交代完後，恭子公主就癱倒下來，昏迷不醒了。

「為了更深入了解神的旨意，我們做了龜卜，結果顯示，神明所說的依附體是指依附童，就是用來當作天照坐皇大御神的神威容器。」

倚靠著憑几的皇上在竹簾後顯得垂頭喪氣。

晴明一陣愕然，心想總不會是……

低著頭的守直，接著說出了晴明心中猜想的事。

「我必須把公主帶回神宮。」

現場一片沉寂。

天照大御神在召喚內親王脩子公主。為了讓雨停下來，需要依附童。必須把才五歲，還需要母親的小女孩帶去。

所有人都緘默不語，只聽到守直缺乏抑揚頓挫的聲音。

「我們完全不知道她什麼時候才能回來……甚至不知道她能不能回來。但是，為了終止這場下個不停的雨，只能遵從皇大御神的神意。」

晴明悄悄望向竹簾內。

皇上非常、非常疼愛脩子，疼愛到願意為她做任何事。而且，她年紀還這麼小，皇上不知道多麼期待看著她成長。

敦康皇子出世時，皇上龍心大悅，脩子覺得父親被搶走，因而被智鋪宗主利用了。然而在皇上和皇后眼中，脩子一直是無可取代的存在。

想到年輕皇上的心情，晴明就覺得沉痛。

行成也一樣，他也有年幼的孩子，如果非放棄這些孩子不可，會讓他椎心泣血。

「齋王接到神詔的事，在齋宮寮只有幾個人知道。神說這場雨違反了天意，必須查清楚是哪裡違反了天意，才能公開……」

命婦聽完神藉由齋王的身體所下的神詔後，立刻對身邊的人下了封口令。

然後，她與寮長商量了很久，最後決定派守直來京城。

皇上是這個國家地位最高的人，沒有人可以指使皇上怎麼做。

但是，皇上之上還有統治者，就是創造這個國家的神明。

據說，豐葦原瑞穗國有八百萬神明，身為皇上也要遵從這些神的旨意。

道長重重嘆口氣，開口說：

「晴明，你盡快占卜啟程的日子，稟報皇上。」

「是……」

皇上隔著竹簾聽著他們的對話，忽然像想起什麼似的說：

「對了……」

聲音非常微弱，在寂靜的寢殿內，聽起來卻特別響亮。

五雙眼睛都投注在竹簾上。坐在竹簾後的年輕人欠身向前說：

「晴明，你也要去伊勢吧？」
晴明眨了眨眼睛說：
「這……臣還沒有決定要不要去……」
他的確接下了委託，要替神宮祭主大中臣永賴驅除病魔。但是，如果只是施行祈求病癒的法術來消除病魔，那麼在京城就可以進行了。
他去過伊勢，知道行程與距離。年輕的時候還好，現在這個年紀要長途旅行，就有點累了。也可以搭乘神將的風往返，但是對方是古板守舊的神祇官，恐怕不會答應他這麼做。
「不，我還是希望你能去一趟，親眼確認大副的病情。」
春清從旁插嘴說，晴明低聲沉吟。他可以理解春清的心情，可是也希望他多少可以想想自己的年紀。
雖然自己還很健康，健康到殺都殺不死，在享盡天年之前，也不會有什麼生命危險，但這件事跟去不去是兩回事。
看到晴明面有難色，行成忍不住替他說話。
「皇上，晴明大人年事已高，前往伊勢的旅程，對他來說可能有點辛苦。」
「那就準備轎子吧！晴明，你可以坐轎子去。跟公主一樣坐轎子，長途跋涉也不會累吧？」
「是、是……」
替女兒著想的皇上怎麼樣都不肯讓步。
「拜託你，晴明，你也一起去伊勢、去神宮。」
「……」
皇上的託付是絕對不能拒絕的聖旨。
晴明啞然無言，最後只能斷念，伏身跪拜說：
「那麼，臣謹遵旨意。」
皇上隔著竹簾聽到他這麼說，這才露出安心的表情，鬆了一口氣，然後砰地敲響手上的檜木扇子說：
「對了，晴明……」
「是……」
皇上思索了一會兒，才對抬起頭的老人說：
「聽說你去年冬天收養了遠親的女兒……年紀多大了？」
道長和晴明都大吃一驚。
老人強裝鎮定地回答：

「是的，是臣已故妻子的遠親的女兒，今年十三歲。」

臉色蒼白的道長說：

「皇上不會是想要迎她進宮吧？」

行成張大了眼睛。說得也是，既然年紀跟中宮一樣，就大有可能。但是，左大臣絕不允許這種事發生吧？

皇上闔起扇子，拿在手上。

「怎麼可能，我連想都沒想過。」

所有人都摸不清皇上在想什麼，訝異地望著竹簾。

年輕人雙手握住扇子，欠身向前說：

「不是那種事……我是在想，脩子身旁都沒有跟她年紀相近的女孩。」

寢宮裡有很多侍女，但沒有年紀相近可以稱為朋友的小孩，脩子是在大人環繞中成長的。

「讓她獨自離開熟悉的京城，去遙遠的伊勢神宮，太可憐了，我希望至少有個年紀相近的女孩陪她一起去。」

聽著皇上的話，道長和晴明的心逐漸冰冷。

不會吧……

晴明瞥見道長的臉一陣青一陣白，於是戰戰兢兢地問：

「皇上……臣想斗膽請示，皇上要臣收養的女孩做什麼……」

皇上點點頭，很明快地說：

「方便的話，朕希望她可以陪脩子去伊勢。」

因為她在安倍家生活過，如果遇到一些奇怪的事，應該會比其他女孩鎮定。

「這件事的起因是神詔，所以不管發生任何事都不足為奇。晴明，有你一起去的話，那個女孩就不會害怕。而有你和那個女孩的陪伴，朕也可以放心地送走脩子。」

晴明有種心臟被冰冷的手握住的錯覺。

✱ ✱ ✱

女孩看著煙雨迷濛的海面，低聲說：「動起來了……」

跪在她旁邊的益荒抬起了頭。

齋盯著波浪與波浪之間，年輕人默默注視著她的背影。

「益荒，你想說什麼？」

年輕人皺起了眉頭。

「……」

「我准你問。」

被催促的益荒思索著該怎麼說。

「這件事不需要齋大人出手，請……」

女孩沒有回頭，只是搖搖頭說：「沒關係。」

「可是……」

齋緩緩轉過身來，沉靜的眼眸望著年輕人。

「益荒，你知道吧？我這條生命本身就是罪孽。」

凜然的眼神之中，瞬間閃過其他情感。但僅僅只是一瞬間，眨個眼就連殘渣都看不見了。

「既然如此……再多加一、兩條罪狀，也沒什麼差別。」

✕ ✕ ✕

下著雨。

幾乎蓋過雨聲的強烈心跳聲，不斷地敲打著晴明的耳朵。

皇上平靜地對因為太過驚訝而全身僵硬的老人說：
「朕想讓那個女孩陪脩子去伊勢。」
晴明轉移視線，看到滿臉驚愕的道長。
沒辦法，皇上都說得這麼白了，不可能說不。
「拜託你，晴明，請答應朕無理的要求。」
皇上的要求，是絕對不能拒絕的聖旨。

小怪的陰陽講座

⑬命婦是中等階級以上的宮女。

後記

這是《少年陰陽師》第二十一冊。⑭是繼窮奇篇、風音篇、天狐篇、珂神篇之後的《少年陰陽師》，第五個單元取名為「玉依篇」。

各位，好久不見了，近來可好？我是結城光流。

首先，來看例行的角色排行榜。

第一名安倍昌浩，依然是遙遙領先。第二名怪物小怪，不管怎麼力爭上游，還是敵不過昌浩。第三名勾陣，是四鬥將中唯一的女性，這次與紅蓮同樣排名第三。

接下來是六合、玄武、青龍、風音、太裳、比古、太陰、真鐵、結城、成親、獨角鬼、凌壽、若菜、天一、ASAGI、巽二郎、彰子、汐、小妖們。

可能是上一集《幽幽玄情》的效果吧！玄武排山倒海般迎頭趕上，但是鐵票都集中在前五名，所以他還是差了一名。

很多人說，把珂神篇全部看完後，就喜歡上了真鐵。也有很多人希望可以再見到比古，這個嘛……總之，比古跟多由良都還活著，應該有機會再出來吧！

真的很高興有人說喜歡巽二郎和汐，他們兩人說不定還會出現，請耐心等待那一天。

這次有不少新人，也有不少人是再次出現的，尤其是「那位」，還出現在插圖中，雖然只有隱約的身影。今後他也會不時出現，各位忠實粉絲，敬請期待。他還是那麼桀驁不馴，寫起來很有趣，不過也有點麻煩，因為誰也控制不了他……

開始寫玉依篇之前，為了蒐集資料，我去了一趟伊勢和出雲。

在伊勢時，我去了神宮和齋宮歷史體驗館，在體驗行程中，看到了淺沓⑮。

昌浩穿的就是這種鞋。有時會在電視新聞裡看到，穿著平安時代的衣服和淺沓踢球的畫面，昌浩就是以那樣的裝束在京城裡東奔西跑……穿著那種鞋真的能跑嗎？

以作家的性格，一定會想弄個清楚，所以我就在同行的責任編輯N川、H部兩位小姐去其他地方時，趁四下無人試穿看看。剛開始覺得，好像可以跑耶？可是才試跑沒幾步，鞋子就鬆脫了，腳底板中央重重落在鞋跟部位，痛得我叫不出聲來，只能蹲著等疼痛緩和下來。聽到叫喚「結城？」的聲音，我才輕輕拖著腳走向兩位責任編輯。

後來檢查時，發現嚴重瘀血，難怪會痛成那樣。

昌浩太厲害了，居然可以穿著那種鞋全力奔馳（《少年陰陽師》只是平安時代的

「科幻故事」，所以好孩子千萬不要學）。

除了鞋子之外，我還受邀參加了另一種體驗，那就是「瀑布修行」，也就是男性只能圍著一條兜襠布，讓瀑布拍打的修行。當時是十一月，地點在某座深山裡，時間是黎明前。氣溫不到十度，風吹得像刀割般。我們在秋天最冷的時候來到瀑布，然後只穿著一件修行服進入瀑布裡。被冰冷的水拍打著，體內逐漸變得空曠，感覺不出水的冰冷，水聲等所有聲響也都消失了，那或許就是所謂的「無心」狀態吧？

當我說有人邀我去做瀑布修行時，N川滿臉嚴肅地說：

「拜託妳，千萬不要引起心臟麻痺。」

我很輕鬆地回她說放心吧！不過邀我去的人，在去瀑布之前也提醒過我「搞不好會引發心臟麻痺，千萬要小心」。

冬天的瀑布修行，真的不能開玩笑，很可能危及生命。幸虧我平安回來了，沒有感冒，健健康康地回來了，真的是很寶貴的體驗。

事後回想起來，覺得自己真的太拚命了。可是，我總認為這世上所有事都值得嘗試，所以下次有機會的話，我還是會去嘗試各種事情。

對了，就在玉依篇開始的同時，剛發行的雜誌《The Beans》也開始了「往日的晴明與岦齋」篇，還有以車之輔為第一人稱的短篇故事。

這本以新單元開始的《少年陰陽師》，大家看完後覺得如何呢？請務必來信告訴我感想。另外，我也期待看到大家的角色排行投票。偶爾有人會在信上問：「妳真的有看嗎？」我可以告訴大家，我真的全都看了，請放心，那對我來說是很大的鼓勵。

那麼，下一集再見了。

結城光流

小怪的陰陽講座

⑭結城老師這裡的說法，是未將外傳《歸天之翼》計算在內。中文版則依編號排序為第二十二集。

⑮日本古代公卿貴族穿的鞋叫做「淺沓」，剛開始是皮製的，後改成木製，塗上黑漆，鞋內鋪絲綢。

國家圖書館出版品預行編目資料

少年陰陽師.貳拾貳.無懼之心 / 結城光流著；涂愫芸譯. -- 初版. -- 臺北市：皇冠, 2010[民99].11
面;公分. --(皇冠叢書；第4046種　少年陰陽師；22)
譯自：少年陰陽師　数多のおそれをぬぐい去れ
ISBN 978-957-33-2730-1(平裝)

861.57　　　99019847

皇冠叢書第4046種
少年陰陽師 22

少年陰陽師——

無懼之心

少年陰陽師
数多のおそれをぬぐい去れ
Shounen Onmyouji ㉒ Amata no Osore wo Nuguisare

作　　者—結城光流
譯　　者—涂愫芸
發 行 人—平雲
出版發行—皇冠文化出版有限公司
台北市敦化北路120巷50號
電話◎02-27168888
郵撥帳號◎15261516號
皇冠出版社(香港)有限公司
香港上環文咸東街50號寶恒商業中心
23樓2301-3室
電話◎2529-1778　傳真◎2527-0904
出版統籌—盧春旭
責任編輯—丁慧瑋
版權負責—莊靜君
日文編輯—蔡君平
美術設計—黃惠蘋
行銷企劃—李嘉琪
印　　務—林佳燕
校　　對—邱薇靜・熊啟萍・丁慧瑋
著作完成日期—2008年
初版一刷日期—2010年11月

法律顧問—王惠光律師

讀者服務傳真專線◎02-27150507
電腦編號◎501022
ISBN◎978-957-33-2730-1
Printed in Taiwan
本書特價◎新台幣199元/港幣67元